忧郁的热带

王雨萌 著

国文出版社
· 北京 ·

图书在版编目（CIP）数据

忧郁的热带 ／ 王雨萌著 . -- 北京 ：国文出版社有
限责任公司，2024. 6. -- ISBN 978-7-5125-1643-4

Ⅰ. I217.2

中国国家版本馆 CIP 数据核字第 2024Q10U78 号

忧郁的热带

作　　者	王雨萌
责任编辑	侯娟雅
责任校对	王　昕
出版发行	国文出版社
经　　销	全国新华书店
印　　刷	三河市中晟雅豪印务有限公司
开　　本	880 毫米 ×1230 毫米　　　32 开
	5.375 印张　　　　　　115 千字
版　　次	2024 年 6 月第 1 版
	2024 年 6 月第 1 次印刷
书　　号	ISBN 978-7-5125-1643-4
定　　价	55.00 元

国文出版社
北京市朝阳区东土城路乙 9 号　　邮编：100013
总编室：（010）64270995　　传真：（010）64270995
销售热线：（010）64271187
传真：（010）64271187-800
E-mail：icpc@95777.sina.net

目录

后记

第一部分

短篇小说

忧郁的热带

我所乘的轮船正平稳地行驶在波斯湾。宁静的夜晚甲板上没有人，空气闷热而黏稠，星空与海平线连成一体，仿佛遥远东方的神谕。

我前几日刚从安曼抵达德黑兰，只因听说我寻找的人曾在德黑兰远郊的黑市出现过。但是不出所料，我依然一无所获。不过，我并不会自怨自艾，在人类漫长的一生中，谁都难免要经历几次失望和失败。总会有新的消息让人再次燃起希望，比如我后来又得知，他在德黑兰辗转几日后走水路去了马斯喀特。

这也是我出现在这艘轮船上的原因。

这一路，兜兜转转，马上又离印度不远了。旅途的起点正是印度的加尔各答。那是一座永远黏腻潮湿的城市。我和画家，以及她来自斯里兰卡的情人，每天在那里消磨着无聊的时光。斯里兰卡情人总是睁着黑色的圆眼珠，沉默得就像加尔各答潮湿的雨夜。那雨永远下不完，脚板永远泡在水中，泡得发白。

"看，修道院里的人又要徒步去瓦拉纳西背死尸了。"当我和画家彻夜长谈时，斯里兰卡情人死死地盯着窗外的一切。

生和死在这里达成一种微妙的平衡，"唯此原人，是诸一切，既属过去，亦为未来"。[1]仿佛在时间面前，一切无解。我和画家在一点上达成共识——日复一日的生活让人庸俗、无趣、呆板又虚伪。甚至让寻找意义本身也变成了毫无意义的事。

有一天，画家问我："你听过西伯利亚医生的故事吗？"

在西伯利亚最北边有一个村庄，那里没有四季，一年到头大雪皑皑，寒冷使得人们的感觉变得迟钝。慢慢的，他们的手和脚都退化了，鼻子也感受不到气味的变化，但因为住在这里的人都是这样的，人们觉得这一切都很正常。

这个村子里住着一个医生，当他还是个小男孩的时候，他的五官和身体都已经退化得很厉害，只有眼睛还能自由地看到一切。他喜欢坐在一个图书馆里，这个图书馆异常华丽而庞大，和村子里其他的地方完全不同。村子里没有人知道图书馆的来历，以及它为什么在村子里。小男孩喜欢图书馆里温暖的空间，除了他，再没有人进来。日复一日，昼夜更迭，小男孩再也不想离开这里，外面的人们也渐渐把他遗忘了。他翻遍典籍，终于找到了一个能够永远留在这里的魔法。小男孩施展书中所学，把自己灵魂的一部分封存在图书馆的一个角落里。可是，就在他成功的这一瞬间，他感受到了前所未有的痛苦，他的手和脚，他的鼻和口，都恢复了知觉。

---

〔1〕 节引自《梨俱吠陀》，见《中国大百科全书》哲学卷 I，211 页。

亿万年的沧海桑田在他的脑海中回旋，最后坍缩成宇宙大爆炸的那个奇点，无限循环。对于小男孩来说，这种感觉真是太可怕了。他感到沮丧、孤独和痛苦。多年以后，每当有人进入图书馆见到小男孩就会恢复感觉。直到后来，越来越多的人主动走进图书馆请他帮忙恢复感觉。他被村子里的人称为"医生"……

我说："医生在他漫长的岁月中一定是在伏案写作诗剧吧。"

画家看着我，没有回答，太阳穿过厚重的云层给清晨披上纱丽。我感到自己也渐渐失去了触觉，然而大脑却前所未有地清醒。

轮船的汽笛声在空荡的海面上奔跑，奔向远方看不见尽头的黑暗深处，被梦魇吞噬。我和画家分道扬镳，我忘记了分别的场景。明明就是前不久才发生的事，我却怎么也记不起来。但是很久之前的事情却越来越清晰。

我和画家似乎是在纽约认识的。"真无聊，无聊极了。"我在地铁的长椅上第一次看到画家，她戴着咖啡色的毛线帽，疲惫地倚靠在长椅上，似笑非笑地讲着中文，"尤其我也不懂音乐，真是无聊。"我无法不回答她，我知道她在跟我说话。

纽约让人窒息。我们坐在地铁里，很久都没有再说话。我想这可能是漂泊海外的同胞相互吸引，画家就像是一个久别重逢的老友，我见到她第一眼就知道她一定是个艺术家。

画家因为找不到艺术的意义而无法毕业。从纽约到伦敦，她辗转几所学校、信仰了不同的宗教，但还是一无所获。"伦敦一直在打仗，外面很乱。但是传教士们还是坚持不懈每天敲开我们的门。"画家一边回忆一边抱怨着。她和一个深目高鼻的斯里兰卡男孩同居，以他为灵感画了许多猫。

"你喜欢在什么时候画画呢？"我问画家。

"当我饥饿的时候。"画家说。

后来有一段时间，我和画家一起在泰国北部清迈的寺院里禅修。我们清晨四点就开始坐在大殿中练习冥想，修炼身心的同时也学习控制我们的欲念。

清迈的四月还不算热，山区里空气难得的清爽。寺院里有一位来自云南的年轻比丘，画家喜欢跟他攀谈，比丘也乐于回答问题。我依然常常感到饥饿，但是饥饿也让我感到真实。雨很大，心中突然有一种遗憾的情感，我想这可能是饥饿带给我的灵感。

热带的树茂密而大，加尔各答渐渐变得不真实。我失去了饥饿的感觉，我失去了所有感觉。画家说，这是一种病，她在古印度的书中看到过。

起初，我觉得就这样也挺好，我并不苦恼。但是画家改变了我的想法。画家依然喜欢画猫，但是我在猫的身上再也看不到其他人，尽管画家告诉我，这只猫还是斯里兰卡男孩，而那只猫是我。我最初的感觉消失了。

加尔各答难得的晴天，闷热、燥热。我住的旅馆正对着修道院，僻静与喧闹隔着一条窄窄的街对峙着。我从三楼将窗子推开，蹲在树枝丫上的猴子就蹦到了阳台上，转过头屁股对

着我，不知在看向窗外的什么。我却回想起昨晚画家说的话：
"意义本身就是荒诞的。"

　　修道院的门开了，陆续走出来几位修士，其中有一位是我
不曾见过的。他身材微胖，汗津津的额头上伏贴着几缕黑色的
鬈发。他一边跟其他白人修士攀谈，一边拖着泥泞的裤腿向巷
子深处走去。

　　他让我想到年少时代的日本网友。日本网友沉默且常常耽
于幻想，那时我太小，还无法理解他苦恼的根源是什么。他说
尽管他在京都大学获得了哲学博士学位，却没办法找到一份体
面的工作，没有大学要他，辗转了几家企业后也以辞职告终。
起初我觉得不可思议，也无法理解。我絮絮叨叨地说了很多，
但是他一句也没听进去，依然自说自话。这些没头没尾的抱怨
多年后成为我记忆深处的梦魇。他虽然熟读克尔凯郭尔，但是
依然执着于社会规律。直到多年以后，大约是我开始离群索
居的第二年，我收到了他的电子邮件，他说，他找到了一份工
作，将要出发去印度。我思索着，这份工作给他带来想要的社
会意义了吗？显然我无法在冰冷的语句中窥探他的内心。

　　如果他出现在修道院，跟其他白人牧师一起去瓦拉纳西抬
尸体，似乎也不是很荒诞的事。那年的秋天，京都大学里枫叶
烂漫，一阵风吹过，铺满了露天戏台，热热闹闹地上演着《茶
花女》和《汤姆叔叔的小屋》。他们又怎能想到，未来的几十
年，甚至一百年，玛格丽特如何尴尬地重拾污名。

　　我不知道加尔各答的雨什么时候来，也不知道什么时候

停。画家怠倦地蜷缩在一楼的躺椅上，窄窄的楼梯被粉刷成了青草绿色。我离开房间，阳台上的猴子突然回过头瞥了一眼。旅馆老板在一楼的吧台上整理来自世界各地的明信片，其中有一张是上海外滩风景。

漫长的流浪旅途中，我有很多机会躺在甲板上仰望星空。星空排列变幻成古老的图腾，定格成神秘的手势，指向混沌初开的远古，指向时间逆转的未来。在时间与空间的纠缠下，世界是一片荒原。

他知道我在哪儿，也知道我在找他。他善于在大城市离群索居，比如纽约、伦敦，还有上海。因此我在旅途中多次在这些城市停留，上海是比较特别的一个地方。

画家小时候在上海出生，后来跟着妈妈移居香港。我来上海的那年，画家刚好要离开。她带着我坐在外滩的台阶上，灰蒙蒙的天空中，气压很低，这是要下雨的先兆。

"这里的人永远这么多，我不喜欢人群，但是我喜欢这里。这儿不是南汇，也不是金山，不是奉贤，更不是崇明岛，这儿就是外滩。每当我坐在这里，世界就变成一个巨大的洋葱，层层包裹，给我安全感。"

我相信画家说的每一个字，正如，我们在外滩淋的每一场雨。

后来，天越来越黑，我们一起吃去东西。

"你是从什么时候开始吃素的？"我问画家。

"我妈妈是佛教徒。"画家喝了一口红茶接着说，"斯里兰

卡男友也是佛教徒。"

　　人生真是绝妙的巧合，不是吗？人生仿佛被看不见的线牵扯，看似巧合，实则早已注定。

　　我和画家的分别也早已注定。同行是缘起，分别也是。正如我看见不远处的海平面上马斯喀特的第一缕朝阳。我对马斯喀特一无所知，对他也一无所知，他在前面指引着我在这个世界游荡。日行千里，也仿佛画地为牢，左右徘徊。

　　这一次，他是摇滚歌手，站在城市中央的舞台上。一首接一首，却观众寥寥。我一边走向舞台一边想，看来这座城市并不喜欢摇滚。细听之下我才发现这令人费解的诡异音乐非常安静，仿佛把人带到了北京，好像望京的写字楼，好像西二旗的地铁，又好像国贸的立交桥，越想逃离却越被这该死的音乐缠绕。我甚至都无法走近舞台。像卡夫卡的《城堡》一样，我被一种无形的力量所驱赶。

　　我被这诡异的音乐带回 CBD 的格子间，我的双脚像植物一样在工位上生根，我用尽力气也无法拔出来。我张牙舞爪的滑稽样子并没有引起旁人的关注，人们面无表情地敲击着键盘，仿佛就算世界末日也与他们无关。"吱吱呀呀"——格子间的工位下面双脚变成了灰褐色的大理石墓碑。

　　一阵喧闹把我惊醒，摇滚乐已经停止，军队扛着枪把我驱赶回了船上。一场可怕的霍乱暴发了，我和所有人一起被驱逐。我还没有看到他的样子，就再一次消失了。这一次，我感受不到方向。

船上变得慌乱，我不知道该去哪里，只能百无聊赖地倚在围栏上，看着甲板上的人们。有撑着巴洛克阳伞的贵妇人，有嘻哈小子，有乞丐，还有军官。而我自己，看起来也像是个乞丐或流浪的嬉皮士。

　　船不能无目的地开，必要的时候还必须在某个港口停下采集物料，所以，只能沿着阿拉伯海再次往印度方向行驶。画家和我差不多一起离开加尔各答。她说想回到清迈，永远留在那。"那我们还会再见吗？"我忍不住问她。但是也许是我的声音太小了，她仿佛没听到，而是递给我一封信，说道："今天早上你出去后，有一个日本导游来找你，让我把这个给你。"我从画家手中接过日本网友的信笺。上面是一种圆润又阴郁的字体，他抱怨这个世界变化太快了。二战结束之后，人类的公共空间越来越小，人成为机器的奴隶。人们空虚、迷茫、轻视精神世界，嘲弄着他的哲学学位，消解了社会规则的意义。他兼职做导游，专门带日本的有钱人来印度旅游、考察，然后一次次听到这些来自"文明世界"的游客居高临下的嘲讽和戏谑……

　　"加尔各答恐怕不适合旅游。"我自言自语。

　　不知在海面上漂泊了多久，船被一场风暴裹挟到了一个荒芜的小岛上——最普通最常见的热带岛屿。岛上一半是沙漠一半是遮天蔽日的芭蕉林，林子中掩映着几座破旧的南印度风格神庙。刚到岛上的几天，在好奇心的驱使下我经常到处走走看看，太阳十分毒辣，晒得我脸颊通红。但是时间久了，任谁也没兴趣当个人类学家，日子恢复百无聊赖。没有画家跟我聊天，没有嘈杂喧闹的街市，甚至连绵绵不断的雨也没有到来。难以想象施特劳斯是如何在荒凉的小岛上做几个月田野调查的。[1]

虽然，本就没有节奏的生活还是被突然打乱了。虽然，我更加迷茫了。但是一切也都暂停了。"寻找"这种虚假的充实感在我脑海中消失了。一切在没有任何征兆的情况下戛然而止。

就算是夜里，沙漠依然被燥热包围，我经常坐在门口的吊椅上，把脚扎进砂砾中，仰头遥望浩瀚的银河。银河垂直挂在夜空中，用智慧的双眸俯视着大地。人类历史之渺小在银河面前不值一提，从人猿使用工具，到宇宙飞船着陆月球，弹指一挥间。

夜晚的海滩依然保留着白天炙烤下的温度，我的双脚在细软的砂砾中，仿佛向地心扎根，我从未如此接近大自然。脑海中有了一个奇妙的想象，是否生根的双脚可以延伸到 CBD 的格子间里？

噢，这真是一个浪漫而残忍的想象，我感到自责。自由和禁锢，某种程度上也是孪生姐妹。

这时，不远处的露天厨房和休息室有了亮光，让黑夜有了光亮。我感到有些口渴，便向休息室那边走去。我从没见过的一对墨西哥情侣正在一边聊天一边制作比萨。露天厨房有个玻

---

〔1〕 法国人类学家克洛德·列维·施特劳斯于 20 世纪 30 年代在巴西展开田野调查，在做了大量田野调查后完成游记《忧郁的热带》，也是他的自传。

璃棚顶，棚顶外面连着操作台的地方有一个原始手工制作的泥土烤箱。女孩正在把各种蔬菜和馅料铺在比萨薄饼上，而男孩在露天厨房和紧挨着的公共休息室之间来回穿梭，拿一些餐具和酒杯。

公共休息室是一间被精心设计过的小木屋，中心位置是个沙发，沙发的背面是洗菜池，洗菜池的前面和右边是紧闭着的木质纱窗。左边是吧台，木质架子上整齐码放着鸡尾酒酒杯、高脚杯和马克杯。我很喜欢在傍晚的时候看夕阳透过纱窗折射在玻璃杯上的五彩光。

沙发背对着吧台，前面铺着一张纤维细腻的波希米亚花纹地毯，左侧墙边地板上堆满了书，四周木质的墙面上挂着大小不一的捕梦网。角落里单人沙发旁有一盏类似鸟巢风格的落地灯，给整个空间带来光源，同时也照亮了沙发右侧的露天厨房。沙发的正面则是一扇地中海风格的对开木门。木门外面是一张敦实的木质野餐桌，四周装饰着热带植物和几串暖光灯泡。餐桌下面铺了打磨过的木架，将沙砾和人们隔开，而餐桌的右侧就是泥土烤箱。作为公共休息室的小木屋有两扇门，一扇在沙发正对面通向木质野餐桌，还有一扇在沙发右侧，隔开露天厨房。露天厨房在小木屋右侧形成一个半开放的结构，对面有案台、灶台和洗菜池，右侧有一个很大的双开门冰箱。因此整个空间形成一个环形结构，营造出一种人为改造过的自然美感。

墨西哥情侣显然无法启动这个原始手工制作的泥土烤箱，

随即叫来了一位看上去六十多岁的微胖跛脚老人来修理。老人虽头发花白，腰板却挺直，据说是一位退伍军人，退役后就受雇来这里当管理员，人们有任何事情都可以找他处理。他日常孤身一人，又沉默寡言。借着微弱的灯光，他熟练地清理烤箱，不一会儿就可以点着里面的火了。管理员老人简单地介绍了一下烤箱的注意事项便蹒跚地走开了。墨西哥情侣很兴奋，一边跟我聊天，一边将食物和酒杯摆放在野餐桌上。

而我的思绪还停留在管理员老人的腿上。他参加过多少场战斗？他的右腿是如何受伤的呢？他又经历了什么，如此沉默寡言？……

战争时期画家正在伦敦学艺术，整个世界都是混乱而荒诞的，她只能整日整夜闭门不出，仿佛战争与她无关。但是她的阳台上每天都积满了灰尘，天空仿佛从来也没有晴朗过。画家很愤怒，她拉着斯里兰卡情人的手，蹲在阳台的玻璃后面，一支接着一支地不停抽烟。只有传教士每天固定不断地敲门，才使得画家确定眼前的一切都是真实的。后来画家画了一幅画：两群类似人猿的猴子在为了争夺野牛的股骨大打出手……

墨西哥男孩讨论着他们昨天看的"大胃王比赛"。女孩夹了一块他们亲手烤的披萨递给我。人类和食物的羁绊历经万亿年而不变，食物变换着形式，包围我们庸长的一生。食物也嘲笑着我们，在身体上给我们留下斑斑印记。

"那个管理员，你们知道他的腿是在战争中受伤的吗？"我忍不住问道。墨西哥情侣听到后显然愣了一下，女孩用不可思议的语气说道:"嗨,怎么可能。要知道,战争已经过去快六十年了!"可不是嘛,不用说我们这代人,哪怕祖父母们在战争年代也不过是刚刚出生的婴儿。是的,战争已经渐渐离我们远去。哪怕在欧洲或是北美。

我只能尴尬地笑笑,我知道我就像一个不懂历史的傻子,泅渡在不可明说的时间长河里。

在那天的最后,墨西哥男孩始终礼貌而周到。

"明天我们的旅行就结束了,很高兴跟你分享最后一夜的晚餐。"

"披萨很美味,香槟和这奇妙的夜晚也很相配。"我学着周到地夸赞他们。

"你看起来并不像旅行者。"

"哦,的确不是。"

"可以允许我们猜猜你的目的吗?"

我点点头。

女孩猜我是个来寻求灵感的艺术家。我摇摇头。男孩猜我是来工作,类似科考的项目等。真是个有意思的想法。我赞赏他们的想象力,然后向他们讲述了滞留小岛的原因。女孩若有所思,缓缓说道:"我想我知道你寻找之人的线索。"暖光灯泡在女孩立体的面庞上投射出斑驳的阴影,我看着她被长睫毛覆盖的黑眼睛。后来,我忘记了我们是如何道别的,但是直到多年后,依然可以清晰地记得她说的每一个字。

他们在岛上遇到一位独居的老人。没有人知道他什么时候来的小岛，也没人知道他为什么留在这儿。在他梦魇式的喃喃自语中，提到了"他"，但是话语逻辑混乱、词不成句，没有人知道老人具体说的是什么。

天不亮我便出发了。我住在沙漠边缘，而老人则住在小岛另一边的密林深处。我跋涉了很远的路，越过两座不算高的山坡。一座山沿途有雾气蒙蒙的堰塞湖，另一座山脚下是飞流直下的瀑布。窄窄的瀑布将山坳融汇成碧绿的湖泊，水流向更深的山谷中，看不到尽头。沿着溪水往下走，老人就住在山谷中的一块高地上。不知走了多久，毒辣的太阳渐渐西斜，我终于来到这座怪异的石头搭建的破房子前。

我尝试着敲敲门，但是没人应答。我太累了，只好坐在门口的石凳上一边休息一边等待。石头房子仿佛从遥远的地方"移植"过来一般，与周围的环境格格不入，就连肆意生长的热带植物们都仿佛不愿意在石头墙面上攀附。更加奇怪的是，房子前面的空地上有两根用废旧铁丝拉起来的"晾衣绳"，铁丝的两头拴在扎入地面的木桩子上，两根"晾衣绳"并排矗立着。并没有拉直的铁丝上还盖着几本书，这些书就像衣服一样被晾晒在这儿，破旧的书页在微风的吹拂下沙沙作响。

我没有忍住好奇心，随手取下一本书，是英文版的《几何原本》，翻开的这页上面潦草地手写了一段兰波的诗：

诗人

生活在别处

在沙漠海洋

　　纵横他茫茫的肉体与精神的冒险之旅

　　洪水的幽魂刚刚消散[1]

　　画家离开的那天，把那本被她密密麻麻记了满书笔记的苏珊·桑塔格[2]送给我。她一言不发，像她平时一样，用玩世不恭隐藏她的逃避和闪躲。书上还延留她手掌的温度，她终于发现什么也改变不了，于是选择退缩回画室和书斋中岁月静好。科技的发展似乎并没有让人们变得更幸福，每当我和画家没有钱的时候就想到了苏珊·桑塔格房子被烧后全身就剩下一百块的窘迫。也许，我们更适合像施特劳斯一样隐居在小岛上，远离现代通信，远离紧绷的神经。因为，在成为螺丝钉之后会变得沾沾自喜，忘记血迹斑斑的来路。然而，忘记过去比忘记思想更加可怕。

　　所以，在每一个流离失所的城市里，我都紧紧抓着过去。画家说，这样其实也不很好。大约是在整夜下雨的加尔各答，画家第一次跟我提到他。画家说，我离开了，你才能找到他，而你只能独自找到他……

　　这让我想到《荒原》[3]里"雷霆的话"——当恒河水位下

　　────────────────

　　〔1〕让·尼古拉·阿尔蒂尔·兰波，19世纪末法国著名象征派诗人。此处诗文节选自其《生活是一首诗——生活在别处》。
　　〔2〕女，美国作家、艺术评论家。创作领域广泛，包括摄影、艺术、文学等。知名的女权主义者。
　　〔3〕《荒原》，是英国作家托马斯·艾略特的一首长诗。是现代英美诗歌的佳作，发表于1922年，被认为是西方象征主义文学中最具代表性的作品。

降，毗湿奴捡起疲软的图拉西叶子，遥远的喜马拉雅神山上，雪山女神遥望着她的姊妹恒河，是谁在背负着曼陀罗山？是克里希那说出了雷霆的话。

我仿佛在叙拉古大地上重生，虽然精神上的窘迫似乎也没有什么改变，但是我已经知道"原人"在哪儿。

我站在晾晒书籍的石头屋子前。屋子的主人已经回来了，老人留着鬈曲的花白胡子，我从他的眼睛里看到了近半个世纪的历史变迁。老人早年在英国教艺术，是画家的老师。后来，老人在上海生活，带领年轻的人类学学者去爪哇做田野调查。从书斋，到生活，老人经历了浮士德的追问，也终于在最后成为了文学评论家。而我，站在这里，也好像从未出现。

轮船在亚丁湾、阿拉伯海、印度洋航行，在加尔各答的朝阳中离开，又在加尔各答的夕阳中归来。这场冒险从一开始就仿佛神谕，靠着内心的引领——泅渡，又归来。

第一次航行中，画家把那本苏珊·桑塔格当成了笔记本，写满了绝望和希望。直到夜幕降临的时候，透过晚祷的薄雾看见震颤的加尔各答。

而我的双脚则生出甲板，生出整个轮渡，变成印度洋中漂泊的叶子。我知道我将抵达码头，趁着加尔各答的夜幕还未降临。我不需要寻找，便看见了站在岸边的他。当我踏上陆地的这一刻，我们变成宇宙，变为动物、植物、分子，最后变为零。

然后，加尔各答，朝阳升起。

基因启示录

清晨推开窗，热浪涌了进来，小五把头探出窗外，感受着潮湿黏腻的空气。这座沿海都市早就已经过了青春期，高耸入云的写字楼斜斜挂着若干暗淡的霓虹灯牌。这些建筑像清晨才睡去的怪兽，它们的皮肤在整个雨季裸露着，它们的神情平静中带着颓唐。

小五静静地站着。直到温热的雨再次袭来，打湿她的鼻尖和小臂，她方才回过神来，退回熟悉的房间。时间仿佛定格在这座没有四季的城市，阴霾的天空，黏腻的空气，破碎的四处蔓延的藤蔓。

雨不会停了，永远。每一滴都是回归大地的灵魂。

房间里的智能语音助手安东尼操着浓重意大利口音的英语打破了宁静："小五，离中午的约会还有两个钟头。"

"约会？我和珍妮不过去楼下陈记吃个肠粉而已。"小五把刚才喝咖啡的马克杯丢进了超声波清洗柜中。

"你们有两年零四个月没见了，你想她吗？"语音助手追问着。

"我不知道怎么跟一个硅基生命[1]解释这个问题。"小五一边刷牙一边瞥了一眼窗外，雨没有停。

"碳基生命很注重情感陪伴。"

"安东尼，陪伴只是表现形式，人类本质上注重的是关系。"

小五不禁陷入沉思，智能语音助手没有回答。

小五收拾妥当准备出门。

"小五，根据最新的卫星云图推测，今天的雨预计持续到凌晨三点，出门记得带伞。"

"谢谢你，安东尼。"

小五和珍妮坐在陈记肠粉店窗外的回廊内，雨从边沿滴落下来，不时溅在小五的脚背上。两年的时光并没有在彼此的脸上留下些许痕迹。

珍妮蓬松的鬈发被雨水打湿了，她一边捋顺着发尾一边漫不经心地问道："还不考虑给安东尼升级吗？"

小五摇摇头。

"别这么固执嘛，现在我们的固态升级系统已经很成熟了，可以实现任何形式的实体化。"珍妮用全息投影展示了一些仿生机器人的影像资料。

"还没到时候，珍妮。"小五淡淡地说。

---

〔1〕 硅基生命是碳基生命以外的生命形态，是以硅元素为基础构成的生命，广义上指机器人。"硅基生命"的概念最早于19世纪由波茨坦大学物理学家儒略申纳提出。

"两年前你就这样说，小五。"珍妮轻叹，明眸低垂。

四年前，小五就职于 Mendax 公司研发部，这是当今全球最大的科技公司，致力于实现人类离开银河系，进行星际探索。随着科研团队的发展壮大，公司内部基本上分成了两个派系。一个是派系支持全力发展 AI，将人类的意识上载，最终以 AI 的形式实现漫长的星际探索。另一个派系则希望从人类基因改造入手，通过基因编辑的方式使人类的肉身达到长生不老，从而战胜时间的阻隔，实现星际航行。小五属于第一个派系，安东尼则是第二个派系。

事实上，小五知道，不管哪个方向都存在着不同的伦理问题，但是地球资源早就已经无法满足人类的欲望，没有什么能够阻挡人类对外星系展开探索了。这跟大航海时代没有什么两样，人类前进的动力从来不是浪漫的想象，而是残酷的现实。

面对这个问题，AI 派显然更加激进，在小五眼里，人类文明的演进发展在于挣脱肉身的束缚。项目推进不顺利的时候，小五常常一个人坐在公司餐厅喝咖啡，她也是在这里第一次遇见安东尼。

"你好，我是'第四号基因'项目负责人，我叫安东尼。"餐厅午后的阳光覆盖住安东尼灰褐色的瞳孔以及蜜糖色的皮肤。

小五早就听说过这个致力于人类基因编辑的"第四号基因"项目，但是基本上两个项目平行发展，并没有业务上的往来。小五看着安东尼深不见底的眼眸，无法辨明他的来意。

时过境迁，小五已经不记得那日聊天的细节，但是这个男人浓重的意大利口音以及风趣的谈吐都给她留下了不错的印象。他们没有聊过多关于项目上的事情，也许安东尼是秉着求同存异的善意来接近小五的。

之后，小五经常在餐厅或者走廊里偶遇安东尼，偶尔不咸不淡地闲聊几句。与此同时，让小五备感压力的是 AI 项目陷入了瓶颈，"第四号基因"项目却有了突破性进展。

有一天，小五加班至深夜。月光覆盖 Mendax 公司高耸入云的写字楼，一整面落地窗仿佛将宇宙星空囊括其中。

不知何时，安东尼拿着两杯咖啡来到了小五工位旁边，一边递给小五一杯咖啡一边说："浩瀚的宇宙中人类如此孤独，科学的发展可以向外，也可以向内。"

"安东尼，躯体已经局限了人类的灵魂，人类需要进化和解放。"小五接过咖啡，站了起来。

两个人径直走到落地窗前，一起望向辽阔的星空。

"小五，你是个激进的悲观主义者。"

"安东尼，我只是遵从理性。"

"理性充满了启蒙和功利主义，人类需要情感。"

"人类的情感也不过是科学问题。"

聊天陷入了僵局，安东尼试着转移话题："你知道吗，其实从二十一世纪开始，人类的基因编辑技术就已经很成熟了，但是囿于伦理问题一直没有推进。最近，项目组终于破译了人体'第四号基因'，如果实验成功了，人类的肉体将长生不老。"

安东尼所说的这些其实小五也有所耳闻，她陷入一种深深的无力感："你似乎对碳基生命拥有英雄史诗一般的古典情结。"

"因为从童年时代起我就常常被裹挟进一些关系中，我不能理解生命的流动。所以我觉得不是我选择了生物学，而是生物学选择了我。"

小五不明白安东尼为什么要对她说这些。安东尼望着沉默的小五，自顾自地说："如果有一天，我是说有一天，你也要面临选择，你会选择将自己的意识上载吗？"

"这个问题我一直在思考，我想我能接受以硅基生命存在的形式。"小五喝掉了最后一口咖啡。夜更深了，星辰若隐若现，排列成了星座，"我见过、感受过太多肉体带来的痛苦，如果，如果可以……"

"如果有一天我变成缸中之脑，小五，我想我会一直记着你。"

…………

多年以后，小五时常回忆起那晚的月光，清冽又暧昧，糅合着数据与情绪，科学与诗歌。如果人作为一个坐标的原点，向内是一滴水，是分子，是质子，是"一花一世界，一叶一菩提"的娑婆世界；向外是整个地球，是太阳系，是猎户臂，是万千星系团。

安东尼向小五打开了肉体永生的大门，不仅是科学意义上的，更是哲学范畴的。

这次谈话之后不久，小五所在的项目组终于迎来了阶段性的进展，实现了意识的备份上载。理论上，只要备份的数据在，人就实现了某种意义上的永生。一个个微型芯片的存在，构成了人类主体意识存在的证据。

繁忙的工作让小五无暇顾及其他，大约过了半年，她听到朋友们讨论着"第四号基因"项目实验成功了。

下班时分，小五的朋友兼助手珍妮递给她一只很轻的文件袋。

文件袋里是属于安东尼的微型芯片。原来，安东尼决定去国际空间站对自己进行基因编辑，但同时他也将自己的意识进行了备份上载，他现在将芯片授权小五保管，如果 AI 项目成功，他同意把自己的意识进行上载制作成实体化仿生人。

同时，安东尼还保证，如果工作顺利完成，他会回来见见老朋友。

安东尼就这样不辞而别，小五宁愿相信他是出发得太匆忙了，空间站一定还有更重要的工作等着他。

小五以为她会慢慢淡忘安东尼的音容笑貌，直到有一天一位新入职的意大利籍同事跟她说话，她的灵魂仿佛一瞬间被击中了，关于安东尼的回忆排山倒海袭来。小五一时不明白这些想念从何而来，甚至有点期待安东尼的归来，说到底，距离安东尼带团队去空间站已经又过去了半年。

　　小五心想，既然安东尼已经将意识备份授权给她，她可以将其意识上载做成语音助手，将来等安东尼回来可以作为礼物送给他。因为设定的仅仅是一个语音工具包，就暂时没有激活情感模式。

　　当语音助手安装完成，小五听到了安东尼久违的声音，仿佛一颗彗星划过小五的心，一时百感交集。有那么一瞬间，小五甚至有些动摇了，肉体的真实温度是那么的具体可感，超越理性和时间，变得越来越清晰……

　　AI 项目进展缓慢，为了推进工作进度，小五将前往国际空间站出差。自然小五也有一些自己的私心，无非想见见安东尼。

　　小五在国际空间站回望地球，这颗湛蓝色的星球陌生又熟悉。虽然人类已经可以离开地球生活，但是每天不断的遇见和分别却与古典时代无异。

　　小五打开安东尼语音助手，问道："安东尼，你为什么放弃基因编辑？"

　　安东尼语音助手回答："我不知道，抱歉无法回答。"

　　"你从什么时候发现自己被宇宙射线感染了？"

　　"从认识你不久之后。"

　　"基因编辑可以治愈吗？"

　　"理论上是可以的，但是我没有这样做，我也不知道为什么。"

　　后来，时光变得很慢，这里没有日出和日落，小五感受不到时间的流逝。她跟安东尼语音助手聊天，聊过去，聊未来，唯独没有现在。

繁星闪闪，柔和了玻璃窗前这光怪陆离的宇宙。

小五没能在国际空间站见到安东尼，因为他其实根本就没有来。几年前，安东尼在实验中被宇宙射线辐射，细胞开始发生异变，但还没有危及生命。为了不影响试验进度，他没有跟任何人说。同时他也认为"第四号基因"项目实验成功后就能成功治愈自己。

不久后，实验确实成功了，但是如果摘除体内的"第四号基因"就会丧失近二至三年的记忆，造成终生不可逆的影响。思前想后，安东尼在肉体永生和精神永生之间选择了后者。病情恶化后的弥留之际，安东尼拒绝进行基因编辑，并将自己的意识上载，托珍妮把芯片交给了小五。

小五回到地球之后不久就从 Mendax 公司辞职，并搬到了印度洋西岸的一座沿海城市。珍妮偶尔会打视频电话来跟小五聊聊 AI 项目的工作进展，除此之外，小五仿佛与世隔绝了。

当安东尼语音助手开启了情感模式，那么安东尼的意识就已经被全部上载了。小五知道，这意味着，待 AI 项目成熟安东尼就可以以仿生人的形式出现在她的身边。

但是，当珍妮兴奋地告诉她 Mendax 公司第一批仿生人已经在市场部编码备案时，小五下意识地拒绝将安东尼实体化。

小五也不知自己的变化是从何而起，她似乎对于自己曾经坚定的信念产生了动摇。长期从事科研工作的小五，当然知道仿生人的真实性已经超越了大部分人的想象。他们攻克的难题不仅仅是硬件和软件上的，甚至延伸到了基因层次。一个肉眼看起来与生物人完全一致的仿生人是二十二世纪就已经完成的工作，小五团队研发的仿生人甚至在实现意识完全上载的同时还注入了一组 MHC 基因。由于 MHC 基因的匹配程度影响生物人繁衍后代的质量，即 MHC 基因越匹配生出的后代患癌症的概率越低，因此为了种族更有效率的繁衍，生物人在漫长的时间中进化出在众多陌生人中通过气味快速识别与自己 MHC 基因相匹配的能力。

现在，仿生人不仅外表与生物人无异，拥有独立意识，甚至可以通过散发 MHC 基因气味让生物人对其产生"感情"。不仅在生物本能层面"气味相投"极有吸引力，甚至能主观脑补出"三观一致"。

小五知道，这些"感觉"都是科学的产物。可是"设定"和"随机"真的那么重要吗？人的主体意识究竟以何种形式存在？小五渐渐明白了安东尼拒绝基因编辑的意图，但是还是无法说服自己面对仿生人安东尼。

"小五，欢迎回家。"语音助手安东尼拖着慵懒的鼻音说着。

又是一个潮湿黏腻的雨夜，印度洋西海岸的风飘着大地原初的暧昧气息。小五把雨伞顺手丢进玄关处的烘干箱，走到了落地窗前，望着如同黑色深渊的大海，忍不住再次陷入回忆。

如果时光倒流，小五也许能看到安东尼眼眸中流淌着热带温暖的海洋，也许会忍不住握住他图拉西[1]枝丫般灿烂的手掌，也许会停止灵魂的摇摆和流浪。

　　然而时光流逝，匆匆告别，岁月轻描淡写。

---

　　〔1〕 图拉西（Tulsi），是一种植物，用于医药和烹饪。在印度它有多个传说，多指神及其化身。

罗陀斯

（一）纽约

一九九八年，老洪在前往华盛顿开会的时候特意去纽约看望多年不见的沈迦陵。此时的沈迦陵为了布鲁斯艺术已经完全融入了美国黑人的生活中。时隔多年，老洪依然记得那个阳光明媚的午后，她站在有些脏乱的街区口，远远看见从一扇褪了色的木门中走出来的沈迦陵：热情地用京片子口音寒暄，语速依然快而清脆；说话手势很多，却姿态随意，笑起来露出一口整齐的牙，轻松、坦荡。这个已经三十三岁的女人目光中有着少女一般的清澈和真诚，以及在她看来有些原始的、自然的、浪漫的甚至浪荡的灵魂。

"老洪，"沈迦陵倚着木门，没有让客人进去，却也姿态热情，"你相信轮回吗？"

东海岸的风吹得人心痒痒，就像懵懂少女的指尖划过沈迦陵的脸。

"多年不见，一上来就问我这么形而上的问题。你有答案了吗？"老洪漫不经心地与之闲谈。

"有啊，就在这儿。"沈迦陵用手指了指脚下的土地。

老洪不置可否："得了吧。"

"不，你一定理解错了。我说的是艺术，而这儿有纯粹的艺术。"沈迦陵煞有介事。

老洪笑了："对，你本身就是行为艺术。"

（二）北京

大约十年前，老洪和沈迦陵还是二十岁出头的小姑娘。她们是北 X 大音乐学院的同班同学，而且还在同一间寝室住上下铺。大学毕业前夕，她们同班里的同学一道去圆明园游玩。六月的福海已经荷叶田田，天气闷热，游人不多。就在她们散步赏荷之时，暴雨不期而至。一时间无处躲避，同学们纷纷躲进回廊里，只有迦陵一个人躲在一处破旧的寺院前。硕大的雨滴拍打着如伞盖一般的荷叶，节奏鲜明，宛如大珠小珠落玉盘。四周安静极了，雨越下越大，空气中弥漫着泥土的腥味。

"小姑娘。"

迦陵循声回头，一位老僧不知何时出现在了她的身后。

"你好。"迦陵微笑着回道。

"你以前应该是修行过的。"老僧端详着迦陵。

迦陵回忆了一下，突然想到："是呀，前几天我在画院跟一个老师傅一起修复唐卡，然后在老师傅的介绍下一起去附近的精舍禅修。"

老僧始终微笑着，听沈迦陵闲聊一些日常琐事。直至雨停了，迦陵才告别老僧，去跟同学们会合。这天的事情，迦陵原本并没有放在心上，直至她再去画院学习修复唐卡，无意间将此事讲与老师傅。

"你在圆明园遇见的这位老僧可是瘦高的个子，目光如炬？僧衣虽旧，领口却雪白如新？"老师傅不动声色地将那天偶遇的老僧外形描述得一丝不差。

"咳，耿师傅，你可真神了，难不成您也在圆明园偶遇过这位老僧？"迦陵问道。

老师傅微笑着说："你遇到的是熙宁禅师，很多人寻他不得，要知道偶遇是多么难得！"

"原来我这么幸运？"迦陵万万没想到。

"岂止呀，迦陵。你可知禅师所说的'你的以前'指的并不是此世，而是你的前世。"

这是沈迦陵第一次听见"前世"。这是在家父母不曾讲过，学校里老师也不曾教过的东西。这深深地吸引着她。为此，她一次又一次回到圆明园的福海旁，却再也未曾见到熙宁禅师。

毕业那天，老洪伤感地拉着迦陵的手："沈迦陵，你马上去美国读博，而我去英国，至此一别，不知何时能再见。"

沈迦陵和老洪打点好行李，把钥匙交给宿管阿姨，彼此都想起来刚开学时的样子。

"老洪，咱们最后去西门吃碗螺蛳粉吧！"

两人一拍即合，走在熟悉的校园里，却感慨很多。途经西门的篮球场边上，那里恰巧在开跳蚤市场，摊主并不都是学生，有些附近的居民也会趁着每年的毕业季来此销售闲置用品。

"咱们过去看看吧，这些老物件都是有生命的呢！"沈迦陵拉着老洪凑了过去。

"你可别吓我，你在寝室墙上挂的唐卡我都以为像是会说话了！"

各个摊子并没有什么独特：一些零碎的收纳盒，没有用完的或者根本就没有被使用过的日常用品，崭新的书籍，还有一些磁带和光盘。沈迦陵在一个老头儿的摊子前停下了脚步。她拿起一张光盘。

"这是什么？"

"这是一部纪录片。"

"可是上面没有写影片名和导演信息。是关于什么的呢？"

"前世。"这两个字缓缓地从老者口中吐出，却被沈迦陵听得真真切切。这是她第二次听到"前世"这个词。一时间她有些恍惚，没有还价就买下了这张有些破旧的光盘。她想看看别人如何讲述前世的秘密。

晚饭过后，沈迦陵匆匆告别老洪。自从下午买了那张光盘她就一直心神不宁。恍惚中她回到家里，直到坐在了DVD前，用有些颤抖的手将光盘放了进去。就像某种神秘主义的宗教仪式一般，她灵魂出窍般地虔诚。

一阵等待之后，画面中出现一位羸弱的少年。少年穿着浅灰色的半袖T恤，米色的长裤，柔顺的刘海在微风中盖住眼睛。画面中只有他一个人，神情有着不似他这个年龄的凝重。纪录片从少年的开场白开始，他一边讲述着，头一边自然地向左倾斜，留在镜头前是一张好看的侧脸。

"今年是一九八二年十月，这里是上海市衡山路。我叫相宁，二十二岁，大学刚毕业。这二十二年来，我对自己和身边发生的一些事很困惑。这也是我拍这个纪录片的原因……"画面卡住了一下，沈迦陵清楚地看到少年相宁高耸的鼻梁有一点驼峰。

"不知从什么时候开始，也可能是从我有记忆开始。我经常梦见一个小渔村。我出生在上海，至今也从未离开过，我不知道反复出现在我梦境中的地方是哪儿。我问过我的爸爸妈妈，他们也不知道。那里的气候比上海还要潮湿，还要闷热，所以我想应该不是北方。所有人都劝我说，这只是一个梦而已，梦里的场景不是真实的。但是，只有我自己知道，这个梦来得太真实了，年复一年，我能感受到梦境中的喜怒哀乐都格外清晰。我从小生活在城市里，但依然笃定这个小渔村真实存在的可能。"

相宁来到一个房间，这里干净整洁，墙壁被刷成了蓝色。他在一张原木色的桌子前坐下，摄像机对着他。沈迦陵无法从画面中辨认出相宁来的这个房间是什么用途，既不像卧室，也不像书房。画面中的相宁继续说："接下来，我开始讲述这个持续多年的梦境。完整的梦境我从没有跟任何人说过，因为没有人相信，大家都远离我。我不知道谁会看见这卷胶片，但希望你能耐心听我讲完……"

"老洪，跟你说个秘密。开学之前，我要先去一趟印度。"
沈迦陵神秘兮兮地说。

"印度有什么好去的？"

"你还记得我上次跟你说过的熙宁禅师吗？耿师傅告诉我
他去菩提迦耶了，我要去找到他。不然我无法安心读书。"

沈迦陵就是沈迦陵，毕业第三天就收拾行李出发了。其实，
她也知道找到熙宁禅师的希望很渺茫，而且就算找到了，又能
怎么样？人为何执着于前世的记忆，如果执着又为何会忘记？

（三）菩提迦耶

在从瓦拉纳西到菩提伽耶的长途汽车上，沈迦陵掏出便携
DV 机，戴上耳机开始继续看相宁的纪录片：

> 在我的梦里，画面就像泛黄的旧照片，我能清晰地感
> 觉到并不是现在这个时代。我生活在一个小渔村，村子
> 里是一个大家族，我跟邻居家的小女儿紫玉青梅竹马一起
> 长大，感情很深。紫玉的歌声很美，不论什么歌，她只要
> 听一遍就能跟着唱出来。小时候我和紫玉每天一起在大海
> 边玩耍，天黑才回家。我们用沙子堆成一个家，放进去从
> 海边捉来的小螃蟹和小海螺。慢慢我们就长大了，紫玉的
> 父母不再让她出门，我也开始跟家族里的其他男孩一起上
> 学，读四书五经，我也知道了男女有别。从此以后我只能

每天上学和放学的时候从紫玉的窗前经过，而她也会每天都偷偷探出头来目送我离开。这是我每天最开心的事。我打算等明年考上陆军学堂就让人跟父母说去紫玉家提亲。

但是，突然有一天，我看到紫玉家张灯结彩、敲锣打鼓。我不知道怎么回事，忙跑过去打听才知道，紫玉被族长安排嫁给了同族的四哥。我看见那天的四哥器宇轩昂，骑着高头大马戴着红花。不知是在红花的映衬下还是怎样，我隐约看见四哥脸颊上泛起绯红。我没有机会再跟紫玉说一句话，我看不见红盖头下面紫玉的表情，但是我的心无声地碎了。之后，有好几次，我在梦里心痛到醒来，醒来后发现枕头上沾满了泪水，好几天精神恍惚，感觉到真切的痛苦。

我的梦就这样接着做下去。紫玉嫁给四哥的第二天，战争爆发了。四哥和村子里其他青年一起参军了，就这样撇下紫玉离开了村子，却没有想到他再也没有回来过。我依然每天从紫玉的窗前经过，但是再也不能从她的闺房看到她的笑容了。

我把对紫玉的思念压在心底，不敢告诉任何人，直到有一天，我放假在家去村子东边打水，看到了许久未见的紫玉。我差点认不出来，因为她年轻的脸上略显浮肿，怀着身孕却还在步履蹒跚地提着两个巨大的水桶。

"紫玉……"我忍不住叫了一下，她有点诧异地抬起头，看见了我。我的眼泪又忍不住流了下来。紫玉看见我哭了，忙安慰说："好久没有听到有人叫我的乳名了。你现在学业怎么样？常听家里人夸你是咱们村子里最会读书的少年郎。"

我忙上前想要帮紫玉提水桶："我来帮你提吧！"紫玉后退两步忙说不用。

"我不知道你现在怀有身孕，想来你一个人生活一定多有不便。既然今天碰巧遇见了，请让我帮你把水提回去。你现在不应该干这么重的活儿。"

提到孩子，紫玉的眼神一下子软了下来，默默地把水桶放下，眼睛里却含着泪。我帮紫玉把水桶提到四哥家的院子里，把水倒进水缸。这大半年来我第一次踏进这里，明明同在一个村子，却好像分割在两个世界。

"以后，我每天回来后过来帮你提水，你不要再干这么重的活儿了。多在家里休息，要是待得闷了可以跟我聊天，就像，就像小时候一样。"说到这里，我又忍不住鼻子一酸。紫玉怔怔地站在门廊处，我不知道她心里在想什么。

沈迦陵感觉下巴有点痒，用手一抓，才发现自己已经哭了。影片中的相宁依旧一个人坐在椅子上默默地讲述自己的梦境。奇特而又真实的梦境。沈迦陵按下了暂停键。她能想象到在过去的那个年代，一个读书的学生和新寡的嫂子之间的交往会在那个封闭的村子里引来多少闲言碎语。

车窗外天黑了，菩提伽耶到了。沈迦陵收拾好行李下车，找了一家比较热闹的旅店住下。她放置好行李，躺在床上想要早点休息，明天一早便去正觉寺寻熙宁禅师。可是，她却辗转反侧睡不着，心里想着相宁和紫玉。不知不觉间，她又拿出便携 DV 机开始接着看相宁的影片。

从此以后我一有时间就去看望紫玉，我对她的感情中又掺杂进了一丝同情。我听到村中人的闲言碎语，但是这一次，我不能再离开紫玉了。

不久，紫玉的孩子出生了，是个漂亮的男孩，眉眼都像极了紫玉。母子平安，这就是我最开心的事了。没想到回家后，我的父母却让我以后再也不要去四哥家了。现在孩子平安降生，我再也没有正当的理由每天过去。我跟父母坦白，我告诉他们我一直喜欢紫玉，这辈子非她不娶。父亲很生气，打了我一顿，然后把我关进了后院的柴房。母亲就只是一边骂我一边哭。

我被关在柴房里三天三夜，只喝了一点水，我饿得躺在床上，大脑却飞快地思考着。我知道现在唯一的出路就是考上陆军学校然后当军官，风风光光地回村子里迎娶紫玉。

后来母亲来看我，心疼地喂我喝粥。身体稍微恢复点力气后，我告诉母亲，我要回去上学，争取明年就直接考上省城的陆军学校。母亲含着泪叫来了父亲。我在家休息了几天，临走时把我最喜欢的一套书带了出来。这套《十三经注疏》是爷爷留给我的，也是我最珍贵的物件。

我来到集市上想把我的书卖了赚点钱再给紫玉买一样像样的信物。可是在这乱世里没人买我的书。我兜兜转转，在角落里见到一位在村子里从未见过的云游僧人。老僧看着我，笑了，好像他知道我心里想的是什么一样。他收下我的书，然后给了我一枚银戒指。古朴的戒面上面镂空雕刻着六字真言，我攥着戒指，莫名就很喜欢。我谢过僧人，就径直赶往四哥家。已经是傍晚了，我趁着四下无人敲了一下门，里面传来婴儿的啼哭声。紫玉开了门，我从门缝中看着她憔悴的脸庞心疼不已，却又无能为力。

"我今天就要走了，回学校。直到考试之前都不会回来。我要考上陆军学校，当军官，然后回村里娶你。这样我的父母也就不能再反对。这枚戒指是我用爷爷留给我的书换来的，算是一个信物。我一定会回来的，你要照顾好自己和孩子。"说着说着我红了眼眶，紫玉接过戒指哭得像个泪人。

"你的心意我都知道，只可惜今生无缘做夫妻，辜负了你的心意。只希望你在省城好好读书，万毋挂念我们母子，如若有缘再见，我定会将戒指原物奉还。现在我收下，权当一个念想，每天求菩萨保佑你，一生平安。"

"紫玉，我一定会回来的。很久没有听到你唱歌了……"

影片到这里就卡住了。沈迦陵用尽一切办法都不能使画面继续，这使她十分沮丧，并再也无法睡着。她关切着相宁的梦境，甚至一度以为这就是真实发生的。沈迦陵辗转反侧，又从纪录片想到了相宁本身，这个六年前的相宁与她同岁，也就是现在应当是一个比她大六岁的青年。她有点想见见他，问问他紫玉后来到底怎么样了。想着想着，天空泛起鱼肚白，迷迷糊糊间沈迦陵终于睡着了。

然而她却做梦了。梦中的她就站在正觉寺前，而熙宁禅师就站在她对面。

"你来了。"熙宁禅师仿佛在等着沈迦陵一样。

"是的禅师，我想问您一个问题。所以大老远来找您。"沈迦陵忙说。

"我知道你想问什么，伸出手来。"熙宁禅师说。

沈迦陵疑惑地伸出手来，掌心向上摊开。熙宁禅师将一枚银戒指放在了她的手中？然后说："带上它去色达。你想知道的答应在哪里。"

沈迦陵还想再说话，可是突然间醒了过来。她依然躺在旅店破旧的木床上，头疼欲裂。她没有想到会梦见熙宁禅师。她以为这仅仅是一个梦，直到她看见自己左手的无名指上戴着一枚古旧的银戒指，上面镂空雕刻着六字真言。

沈迦陵彻底蒙了。刚才的梦里，沈迦陵没有来得及仔细观察戒指，现在才发现，这不就是相宁梦境中赠予紫玉的那枚吗？她感到更加疑惑了，便快速地洗漱，穿上外套，想要去正觉寺找到熙宁禅师问个究竟。

　　然而等她驱车赶到正觉寺，哪里还有熙宁禅师的身影？熙熙攘攘的各种肤色的游客都在参观着佛陀正觉的菩提树和历经千年的阿育王石柱，旁边还有一个小摊子在贩卖旅游纪念品。沈迦陵绕着正觉寺仔仔细细地寻找，终究无功而返。她沮丧地绕着左手上的戒指，心不在焉地往前踱步，这时被一个高大的男人撞了一下，她还没反应过来，对方忙说了一声"对不起"便匆匆离开。因为这些天沈迦陵耳边充斥着的都是各种口音的英语，这一句中文显得分外亲切，让她不由自主地朝男人多看了一眼。只是这匆匆一瞥，沈迦陵就永远不会忘记，也绝对不会认错——这个男人居然就是纪录片中那个略显羸弱的上海男孩相宁。六年后的今天，他已经健壮了许多，而且穿着讲究，已经没有了学生的青涩。

　　"相宁！"沈迦陵脱口而出，但是男人已经走远了。他好像很急，沈迦陵费力地穿过人群，却找不见他的踪影。天色渐晚，沈迦陵又气又饿，只能随便找一家餐馆吃饭。今天遇到的奇怪的事太多了，她有些恍惚，越发心神不宁起来。她不知道熙宁禅师为什么在梦中将紫玉的戒指交给她，也不知道为什么她想知道的答案会在色达。她是因为想知道自己的前世才来寻熙宁禅师的，然而禅师却给了她这枚戒指，难道这与她的前世有关吗？

　　沈迦陵越想越累，食不甘味，回到了旅馆，一夜无话。因为昨天失眠，这一晚她睡得很死。第二天、第三天，她依然在

正觉寺附近徘徊，直到第四天，摊头小贩都已经认识了她。她想要再见熙宁禅师或者相宁的愿望一天又一天落空了。

"答案在色达……"沈迦陵反复想着熙宁禅师的话，决定还是戴着戒指先去色达看一看，于是买了机票。

（四）色达

沈迦陵从成都下了飞机。色达县是川西的一个小县城，那里并没有机场，也不通火车，沈迦陵只好在成都汽车站附近跟色达的藏民一起拼车过去。川藏公路非常颠簸，金杯车从城市开出，逐渐开进了盘山公路，外面的风景也变得壮阔起来。车子紧紧挨着悬崖边飞速行驶，沈迦陵感到胃液在翻腾，无暇顾及窗外。经过十几个小时的长途驾驶，沈迦陵终于在深夜抵达色达，住进了一间当地藏民开的民宿。一天未进食，再加上长途跋涉的颠簸，以及高原的缺氧，沈迦陵感觉头晕目眩，不得已只能静静地躺在床上，同时也静下心来思考这些天发生的奇怪的事。

这些天来想不通的事越来越多，但是直觉又告诉她听熙宁禅师说得没错儿，她笃定今天应该好好睡觉，不能再胡思乱想，明天一早再去寻找答案。迷迷糊糊中沈迦陵沉沉地睡去。一夜无梦。

第二天一早，沈迦陵感到头依然有点疼，一看手表，发现才六点钟，因为昨晚忘记拉窗帘，窗外灿烂的阳光早就已经铺满房间。她原本还想再睡会儿，但因为实在太饿了，便果断起身洗漱，锁好门欲出去吃早餐。昨晚帮她办住宿的藏族小姑娘正在门口，用蹩脚的普通话跟沈迦陵说："你好，店里可以吃早餐，阿妈早上包了包子，还有好喝的酥油茶。"沈迦陵看着小姑娘红扑扑的脸蛋，笑着随小姑娘来到了餐厅。

这时，她在餐厅看到了一个熟悉的身影：一个二十七八岁的男人，梳着现在最火的台湾组合"小虎队"式的中分发型，穿着做工考究的高领针织衫，米色的长裤，棕色的休闲鞋，高挺的鼻梁上有一节驼峰，眼角微微下垂显得十分的温柔。他左手端着一杯酥油茶，正在细细品尝，右手边是一张有点褶皱的地图。

"相宁！"沈迦陵不禁脱口而出。男人应声抬头，与沈迦陵四目相对。沈迦陵曾经幻想过很多种与相宁相见的可能，但是从来没有想过会是这样自然而然地相遇了。他的目光就像纪录片中一样温柔，把沈迦陵心中某些柔软的地方一下子击中了。

相宁就这样看着沈迦陵，然后一边笑着一边说："你认识我？"沈迦陵有些尴尬，感觉脸颊烫烫的，但还是鼓起勇气走到相宁的桌子前坐下，依然有点恍惚。

沈迦陵点了包子和酥油茶，然后把看到纪录片的事情告诉了相宁。相宁也十分惊讶，两个人居然最终会在色达相见。

"这些梦境都是真实的，我后来找到了那个小渔村，就在现在福建泉州的乡下。我翻阅地方志甚至找到了紫玉的墓……"相宁缓缓地说，声音充满悲凉。

"我的天啊，你的梦境居然是真实的历史！"沈迦陵不禁脱口而出。

"不，不仅仅是历史，这是我的前世。"相宁清清楚楚地说着"前世"。

"前世？"沈迦陵小心地说出这两个字。

"对，我知道这很不可思议。就像这枚银戒指，是我的前世送给紫玉的，但是它现在经由熙宁禅师戴在了你的手上，而且指引你来色达寻找答案。我想，这也许跟你的前世也有关系。"相宁喝掉了杯子中最后一口酥油茶。

沈迦陵下意识地摸了摸左手上的戒指："我和你的，前世？"

相宁向后倚靠着，继续说："还有你想知道的，故事最后的结局。"沈迦陵一激灵，看着相宁温柔似水的眼眸中就像藏着深不见底的深渊。

"走吧，我带你去见一个人。你会得到你想知道的答案。"相宁站起身来，将两个人的餐费一起付清。沈迦陵忙站起来说，有点慌张地说："我既然来到这里，就是想知道我的前世。我当然会跟你去，但是下次吃饭一定让我买单哦。"相宁微笑着，就像一个老朋友一样说："不用跟我客气。我们走吧。"

原来相宁是自己开车来色达的，白色的运动款宝马在藏区格外显眼。他帮沈迦陵把副驾驶的门拉开，然后自己才回到车上来，并叮嘱沈迦陵系好安全带。

车子启动了，穿过县城的主干道，经过沈迦陵昨晚下车的长途汽车客运站，接着经过了县城的标志性建筑金马广场。金马广场上的骑着高头大马的格萨尔王雕像在晨光中熠熠闪光。

接着，好像要离开县城了。

"我们这是去哪儿？"沈迦陵不禁问道。

"去上师住的地方，五明佛学院。"相宁一边思索着什么，一边回答。

沈迦陵看着相宁的侧脸，心想这种感觉真的就像多年未见的好友一般熟悉，莫名觉得十分亲近，想着这条路如果就这样一直开下去也未尝不好。

大概二十分钟后，车子向左边拐弯，进入了一个露天停车场。映入眼帘的是两面群山中的一爿红色的小房子。相宁停好车，带着沈迦陵从正门进去，身边熙熙攘攘的都是藏传佛教的扎巴和觉姆[1]。他们跟着扎巴和觉姆一起转乘佛学院的摆渡车上山。山路蜿蜒，扎巴和觉姆们低声用藏语交谈，车窗外是彼此相连的一栋栋红色屋顶的小房子。

"这些红房子，就是佛学院的扎巴和觉姆们日常居住的地方。冬天，佛学院很冷，他们每天都要下山打水，生活非常辛苦。"相宁仿佛很熟悉这里，给沈迦陵讲解着。

曾经独立果敢的沈迦陵，不知道为什么，在相宁身边变成了不知所措的小鹿。高原晴朗的天空万里无云，太阳肆意地普照着大地，沈迦陵跟随着相宁下了摆渡车，从蜿蜒的山路向山顶走去，不一会儿就满头大汗。整座山都是佛学院的经堂，喇嘛和觉姆平时就在这些经堂里修课，听堪布[2]们开示，年复一

---

〔1〕 在藏区男子出家者称"扎巴"(喇嘛)，女子出家者称"觉姆"。

〔2〕 堪布，指藏传佛教中知识渊博的僧人，相当于汉传佛教中寺院中的"方丈"。

年，不管刮风下雨，还是暴雪骄阳。相宁敏捷地穿过人群，带着迦陵绕到山顶的一座经堂后面。他用眼神示意沈迦陵跟上，站在这栋三层的巨大经堂门前等她。

"这里真大，整、整座山都是寺院，都是红色的、的屋顶，要不是跟着你，我、我都要迷路了。"因为高原缺氧，沈迦陵追赶得有点喘不上气。

相宁粲然一笑，摸了一下沈迦陵的头顶。沈迦陵好像突然想起来什么似的，忙问："对了，相宁，紫玉到底有没有等到你的前世？"相宁眼眸中闪过一丝狡黠，依然温柔地说了句"一会儿你就知道了"，随之带着沈迦陵进去了。

经堂里光线很暗，没有阳光的照射显得很阴凉。红色的垂布帷幔装饰着屋顶，墙壁画着精美的壁画，一位上了年纪的老喇嘛端坐在经堂的中央，双目紧闭，昏暗的灯光下隐约还能看见他面颊上沟壑纵横的皱纹。他旁边靠近门的地方站着两个年轻僧人，一男一女。

相宁走到老喇嘛面前跪下，双手合十，轻轻地说了一声："上师，我来了。"他微微垂头，合十的双手放在胸前。

老喇嘛没有睁开眼睛，用藏语轻轻地说："不要寻找，从哪里来，回哪里去。"站在旁边的年轻扎巴帮忙翻译。

沈迦陵感到十分诧异，她没有听懂老喇嘛和相宁的对话。就在她分心思考的时候，老喇嘛又说话了："这枚戒指，是五十多年前被我的一个弟子带去汉地的。它是起点，也是终点。"

听完翻译，沈迦陵下意识地看了看手上的戒指。她费力地把戒指摘下，放在手心里伸到老喇嘛面前，说："您说的是这个吗？可这是相宁前世的戒指，熙宁禅师为什么把它给我呢？我的前世，又究竟是谁？"

老喇嘛这时缓缓睁开了眼睛，深邃而黑黢黢的目光注视着沈迦陵："现在，想起自己是谁了吗？"

沈迦陵看见自己站在一扇木门的后面，浑身颤抖，手中攥着这枚银戒指，这时屋子里传来了阵阵婴儿的啼哭声。她环顾一下四周的环境，正是相宁纪录片中紫玉守寡后住的小院。

她做梦都没有想到原来自己的前世就是紫玉。接下来眼前的一切变得模糊。

相宁去到省城，日本人就占领了福州，从此音讯全无，再也没有回来。紫玉的孩子也在饥荒中夭折，只剩下她一个人日日在经堂中念经，祈祷着相宁能平安归来。窗外的树叶由绿变黄，又由黄变绿，年复一年，时间仿佛都静止了。

这时，紫玉仿佛听见云游僧人的话在耳畔萦绕："生老病死，怨憎会，爱别离，求不得和五盛阴，芸芸众生的每一次转身，都成为了现在的自己。"

这时沈迦陵猛地睁开眼睛，发现自己依然坐在五明佛学院山顶上的经堂内。老喇嘛依然闭着眼睛。她终于明白熙宁禅师为何将戒指给她，也知道了相宁前世的结局。

"相宁！"当她转身时却发现，这偌大的屋子里，哪里有相宁的身影。

"相宁去哪了？请问你们有没有看见刚才跟我一起进来的男子？"沈迦陵向站在旁边一直做翻译的年轻扎巴问道。

"从始至终，只有您一个人进来。"年轻扎巴轻轻地回答。

"不！不是的！"沈迦陵不相信年轻扎巴的话，她和相宁一路从县城来到山上，他是如此真实的存在。"他，一个二十七八岁的男人，穿着白色的高领毛衣，刚刚还跪在这里跟上师说话。上师，上师你还记得吧？"

上师紧闭双眼，依然面无表情，缓缓地说："在众生前，最大的困难不是智慧不够、能力不足，而是太自私。在修行的过程中，最大的障碍不是我们有深重的烦恼和贪嗔出现，而是我们的虚伪和自欺。而爱，是世间最为寻常的自私。"

沈迦陵不敢相信眼前的一切。

恍恍惚惚间，她已经忘记了自己是怎么回到县城的旅店的。她站在房间的门口，把钥匙对准钥匙孔，拧了半天，却怎么也转不动。这时，早上带她去餐厅的藏族女孩走过来，说："早上，你把钥匙落在餐桌上了。我帮你收起来了，在这里，我帮你开门吧！"沈迦陵突然清醒了一点，忙问女孩："对了妹妹，早上你带我去餐厅时，那个比我去得还早，后来跟我一起结账离开的男人，他回来了吗？住在几号房间呢？"

"早上？男人？"女孩费力地思考着，"可是，早上餐厅只有你一个人啊。吃饭的钱，也是你自己付的，我没有看见其他人。"

"有啊！他就坐在靠窗最里面的桌子上喝茶，你们怎么能都忘了呢！"沈迦陵有些急躁，也有些崩溃。女孩帮她把门打开，莫名而又无助地看着她。沈迦陵接过钥匙，信步走到旅馆的门口，再也找不到那辆显眼的白色宝马汽车。高原的骄阳刺得人睁不开眼睛，皮肤发烫，但是沈迦陵的心里却冰冷绝望。

夜里，沈迦陵躺在旅馆的床上，终于面对相宁根本就没有出现的事实。只是感觉太过于真实。她回想起上师跟相宁说的话："不要寻找，从哪里来，回哪里去。"

"从哪里来，回哪里去。"沈迦陵反复念叨着。这一次，她要去上海。找到相宁拍摄纪录片的地方，她还不想就这样放弃。

（五）上海

沈迦陵在成都飞往上海的飞机上再次掏出便携 DV 机，待飞机平稳运行后想要再看一遍相宁的影片。可是当她打开机器时却发现，影片居然也一同消失了。关于相宁这个人的一切就这样凭空消失了，就好像他从来没有出现在沈迦陵的生命中一样。没有人见过他，没有留下一丝痕迹，现在连这部指引她寻找前世的纪录片也消失了。

这些天的追逐和委屈使她忍不住在飞机上哭起来。

后来沈迦陵站在上海衡山路相宁第一次出现在纪录片中的地方，感觉周身被湿热的空气包围，熙熙攘攘的人群，让她耳边充满了吴侬软语。

"从哪里来，回哪里去。"

四周的景物变得昏暗起来，声音也渐渐消失了。少年相宁就站在沈迦陵面前，细碎的刘海就快要遮住眼睛，正如他六年前的样子。

"不要哭，迦陵，以前你为我流了太多泪。"少年相宁温柔地笑着。

沈迦陵喜极而泣："可是，相宁，你在哪儿？我已经分不清梦境和现实。"

"其实，我一直在你身边。在圆明园的大雨里，在你随身的 DV 里，在菩提伽耶，在色达，在上海，也在你马上去美国深造的布鲁斯音乐里。我永远与你在一起。"

"可是，我该如何感知你的存在？"

"我永远在艺术之路上等着你……"

(六) 纽约

很快就到了开学的日子。沈迦陵如期从北京飞往纽约。下了飞机，沈迦陵没有耽搁，径直驱车赶往位于罗切斯特城区的伊士曼音乐学院。校门口早有迎接新生的志愿队等候，沈迦陵在一位亚裔学姐的帮助下，顺利将行李搬进学生宿舍楼一层的寝室。

谢别学姐之后，沈迦陵先把寝室的窗子打开通风，来自五大湖的风湿润、清爽，这时窗外传来一阵窸窸窣窣的声音。一封洁白的信笺从窗口飘了进来，落在窗子下面的木质书桌上。

沈迦陵忙探头望去，窗外是一片绿意盎然的忍冬在迎风舒展着枝丫，并没有任何人或动物的踪影。

　　沈迦陵拿起信笺，洁白的亚麻质地，上面用隽秀的中文清晰地写着"迦陵亲启"。

　　　　微尘中住着无量有情

　　　　所以世界不尽，有情不尽

　　　　有情不尽，轮回不尽

　　　　轮回不尽，济度不尽

　　　　济度不尽，乐土乃能显现不尽

　　读完信，沈迦陵泪如雨下。

少年往事

每当我回忆起往昔大学的生活，就总是想到六天和蛋蛋，这是关于他们的故事。

他们曾经是一对情侣，来自新疆乌鲁木齐，两人都是汉族。

六天是我的大学同学，本名很女性化。"六天"是绰号，因为他人很衰，跟他一起永远打不到车，图书馆占不到位子，食堂里面最好吃的东坡肉总是卖完。用他的话说就是，一周七天，倒霉六天。所以这个绰号就在班级甚至学院传开了。他对这个绰号深以为然，并且告诉了蛋蛋。他讲着电话，扑哧扑哧地笑着。同时他也非常喜欢不厌其烦地给我们讲他和蛋蛋的故事，用他的话说，蛋蛋他们是一对儿。

"我们是一个组合，你们无法想象我们是多么有默契。"六天总是这样自豪地说。这些信息给我们传达出来一个简单的少女形象——应该是娇小又腼腆的。

遥想当年少年六天很喜欢少女蛋蛋，高中的时候，两人总在一起学习、玩耍。六天那时很普通，人也不帅，还不是那个大学时代住在我上铺的浓眉少年，蛋蛋则一身的文艺女青年气质。

高考很快来临了，经过一番努力，普通青年六天考上了上海财大。之所以考上海的学校，是因为家里很多亲戚都在上海，父母的公司日后也要迁往上海。学霸兼女文青的蛋蛋则考上了中山大学，主修人类学，原因很简单，她喜欢广州。

　　然而当我们第一次，也是最后一次见到她时，还是很意外的。六天顺利地去虹桥机场将蛋蛋接回了学校。一边带她见见好朋友们，一边给她介绍这座我们生活了大半年的校园。蛋蛋有着一米七四的高挑身材，擅长运动而线条健美的双腿，眼角上挑的单眼皮，经常肆无忌惮地笑起来，露出一排洁白的牙，让依然单身的我们有点羡慕也有点嫉妒。

　　六天的两条粗眉毛就快要连在一起了。他显然努力着在脑海中想要找到一个段子来显示他的幽默："这就是我们五角场炒股专修学院，怎么样？"蛋蛋冲他笑了笑，然后从衣襟掏出一张纸，塞给六天说："这是我第一次来上海，我把计划都写在这里。咱们下午就出发吧！"六天困惑地展开"计划书"——上面密密匝匝写了一整页地名，而且大多是他没有去过也未曾听说过的地方。

　　渐渐地我们发现，蛋蛋不仅仅是来看六天的。她把每天的行程安排得很满。比如，当天下午她就拉着六天去大悦城排队参加苏打绿的签售，然后去参观了完整的从原址平移过来的上海音乐厅，接着去尔冬强的汉源书店坐了会儿，休息之后又在夕阳下穿越了泰晤士小镇。

　　六天不是宅男，但是这一天对于他来说，还是像上了发条一般。夜间六天拖着疲惫的身体回到寝室，有点垂头丧气。我们忙问他怎么了。原来他本已经在学校附近的快捷酒店帮蛋蛋订好了房间，谁知道蛋蛋自作主张非要住在静安区的国际青旅，并且在来之前就已经在国际青旅官网上面注册了会员。

"蛋蛋说她不喜欢五角场，她喜欢曾经作为法租界的浪漫的静安区。"六天皱了一下眉头，我清楚地看见他的两条眉毛连在了一起，成为一条奇怪的黑线，无力地趴在他的脸上。

接下来的第二天、第三天，六天已经完全跟不上蛋蛋的脚步了。六天辗转赶到巨鹿路时，蛋蛋已经坐在由张爱玲故居改造成的咖啡书屋喝早茶了。当六天急吼吼地推门而入时，坐在窗边的蛋蛋放下手中的书站起来招呼他过去，晨光下洁白的牙齿闪耀着一种旺盛的荷尔蒙光芒。六天匆匆瞥一眼，展开的书是胡兰成的《今世今生》。

"你坐在张爱玲故居看着胡兰成的小说?"六天阴阳怪气地问。

"我前天刚刚看完《小团圆》，很想对比一下。"蛋蛋一如往常，静静地微笑着说。

第二天六天顶着黑眼圈、无精打采地来上课。因为前天晚上六天回到寝室，看了一夜的《小团圆》。

蛋蛋离开上海那天来到我们学校，六天很高兴，非要在学校附近我们常去的餐馆请客。夏天，小龙虾正肥，吃起来就顾不得形象了。蛋蛋微笑着跟大家敬酒，一杯接一杯，并且一饮而尽。班里除了六天都是来自苏浙的学生，哪里见过这样的架势。男生都铩羽缄默。六天其实不胜酒力，平时聚会小酌尚可，真有酒局，就逃得无影无踪，今天倒是骄傲得不得了，双颊微红。

"在我们新疆，都是这样喝酒的。"蛋蛋再次举杯对大家说。大家见六天难得这样开心，也就只能舍命陪君子了。

这场饭局的气氛顷刻间就改变了。事情是这样的：席间六天无意中问蛋蛋："什么时候放暑假？你买的哪天的机票？"蛋蛋停顿了一下，说："我忘记告诉你了。我已经报名参加今年广州大学生运动会的志愿者，面试已经通过，所以暑假不回新疆了。"

不知是谁碰掉了一只杯子，六天心里的某个地方就同杯子一起摔在地板上，破碎了。

"哦"六天没有再说什么。

暑假很漫长，很闷热，我们都盼望着台风来临的清爽。六天懒洋洋地坐在乌鲁木齐家中的健身房跟我视频。"你说蛋蛋她是不是不喜欢我了，我们已经三天没有联系了。她每天都太忙了。"六天嘟着嘴抱怨着。

这样的话我已经听得不耐烦了："你这个人不仅矫情，还啰唆得不得了。女孩子嘛，都喜欢潇洒一点儿的男生，我要是女孩子也不喜欢这样的你。"同样的安慰，我不知道说了多少遍。这时网突然断了，电脑屏幕上跑步机前的六天咧着嘴定格在那里，似笑非笑，有点扭曲。

大二刚开学没多久，六天就悄悄订了机票准备请病假去广州。他请了一周的假，但是三天就回来了，皮肤晒得黑黑的，垂头丧气的样子甚是搞笑。同样，不用我们发问，他自己就开始啰啰唆唆地带着几分怨气的讲述。"我刚到的第一天，陪她吃法餐看展览，一切还都正常。谁知第二天她说有一个特别厉害的乐团正在广州演出。交响乐什么的我也不懂，但是我想既然她提出来了，那我们就去听吧。结果当我们买了一千二百元一张的普通票进场不到十分钟，蛋蛋就问我这是哪国语、这唱的是什么。什么！我黑着脸回她说不要说话，先听完。从音乐厅一出来，第二天我就订了机票回来了。你们知道的，我不是为了这两千四百块钱生气，我往返四千多的机票钱都花了。但是我真的很生气……"等他滔滔不绝地讲完，我已经吃完了一碗泡面。看他似乎冷静了下来才说："首先，你现在的脸真的很黑。其次，你不累吗？"

没过几天，六天就被蛋蛋甩了。

这下六天慌了，每天陷在痛苦中无法自拔，每天早晨我们总是被他放的音乐吵醒，单曲循环放蛋蛋最爱听的陈绮贞。每天说得多了，见我们不理睬他，这个粗糙的汉子开始在人人网、贴吧里面写文章，不写别的，就写他这段可歌可泣的初恋。没想到他的文笔还不错，越来越多的人关注他和他的故事。

一时间，六天成了校园红人。虽然我表面上鄙视他的行为，但是私底下居然默默地将他写的文章看完了。文采斐然！虽然我不想承认，但这是事实。只是内容上跟我们看到的、听到的不太一样。其实生活中的蛋蛋还算是一个挺可爱的小女孩，但是在六天笔下变得面目可憎、任性刁蛮。六天把他受伤的心情发泄在文字中，扭曲了部分事实。这于写作者是一种发泄，读者却信以为真。网络中的六天形成一个好男人的形象，经常有各个专业的不相识的女孩来寝室找他。这还真是一个意外的收获。

不幸的是，人人网是一个公共平台，这些文章，蛋蛋都看得到。很多好事者居然找到了蛋蛋的主页，不仅在六天的主页"支持"好男人，并且站在六天的阵营将各种尖酸刻薄的话送给蛋蛋。这仿佛是一场战争，这种变化是六天始料不及的，但是他已经无法控制。蛋蛋一开始是沉默不语的，但是不知道是在巨大的压力下实在无法忍受，还是想让事情有一个了断，她发声了。她在自己的主页上写了一篇更长的文章来控诉六天文章中的不实之词，并且文笔更加辛辣老到。

结果蛋蛋取得了胜利，六天删除文章道歉。

通过这件事，六天从网络重新回到现实生活中。现实生活中的六天还是六天，他依然每天上课下课，但是经过这么一闹腾，内心一下子空虚了起来。他总是矫情地说"我的心像是被掏空了"。我们都知道，他只是太无聊了。

期末考试前夕，六天失踪了。他的电话一整天关机，没有人知道他去哪了。我们惊慌失措，也不敢告诉老师。直到晚上，他给我打了电话。我急忙接起来，电话那边是海浪的声音。然后是六天有些嘶哑的声音："听到了吗？我现在在三亚，心情不好，就想一个人看海。怕你们报警，所以赶快打电话告诉你们。"

"你快回来！刚才老师临时通知，原定在周五的考试改在了明天下午。"我没有骗他，考试真的突然改期了，这在我们学校是经常有的事。六天看到了大海，似乎心情真的好了起来，在电话里愉快地答应我，一会儿就去订机票，明天保准赶回来考试。

可是不要忘记他是六天啊。当晚台风在海南过境，封港一个星期，所有航班延期。

这是生活在内陆大地的六天万万没想到的。当他一周后回到上海，已经错过了两场考试。

从这次教训以后，六天不再提蛋蛋。但是不知道在什么时候他的习惯已经改变了。他渐渐爱听陈绮贞，出门旅行必住青旅，偶尔看艺术展览，喜欢坐在咖啡书店发呆。

"世博会"期间学校放假，六天非拉着我们去湖南长沙旅行，冲着口味虾的诱惑我们同意了。全寝室四个大老爷们，三个在火车上睡觉，他一个人在写攻略。

出了长沙火车站，六天就自动当起了导游，带我们穿过蔡锷广场，拐进了一个小胡同，左转弯，右转弯，把我们搞得不耐烦了。

"你这是要带我们去哪儿？旁边很多酒店不能住么？"我们抗议道。

六天指着前方阁楼上的蓝色三角形标志："喏，咱们住青旅。"门口异常隐蔽，除了这块悬空的标志，外表就像民居一样，但是进去后别有洞天。这是一个文艺青年们的聚居地。木质的地板，木质的吧台，墙上粘贴着来自全国各地的明信片。有美丽蜿蜒的喀纳斯河湾，有晴朗的大理古城，有苍凉的内蒙古古战场，也有浪漫风情的鼓浪屿。六天说，为了交朋友，我们选择住床铺。

这是一个六人间，另外两个是外国人。一个是丹麦留学生，非常健谈而活泼，给我们吃口味奇怪的丹麦巧克力。另外一个是有些内向的缅甸男孩，他独自一个人来长沙参加比赛。

稍事休息后，我们就在六天的带领下开始穿过蔡锷广场，去参观了贾谊故居、橘子洲、岳麓山和岳麓书院，最后去湖南大学门口吃了名气很大的烧饼和臭豆腐。烧饼的味道有点像北京的鸡蛋灌饼。一天下来，走得很累，我们却兴趣索然。六天和我们一样。

后来我们一边吃口味虾一边调侃着六天。

"那么作为一个文艺青年，到了一个陌生的城市不是应该看场电影吗？"可是真的看了电影，电影也很无聊。

"果然旅行还是要和心爱的姑娘一起。"说完我觉得说错话了，忙岔开话题，"长沙街头的美女也是蛮多的嘛，不算白来。"

六天只是说了一句："这部电影的确很无聊。"

其实坐了这么久火车过来，大家都不想就这么意兴阑珊地回去。借着对沈从文的喜爱，我提议大家去凤凰古城。大家没有异议，第二天我们就订票出发了。傍晚上车，卧铺车厢，火

车像一个巨兽在漆黑的大山里穿行，一夜无话。

第二天一早五点多，车身一震，我被惊醒了。

同时，我也被车窗外的景色深深吸引了。太阳还隐蔽在云层中，几束光线灵巧地照射在青山上。层峦叠嶂，看不到尽头，连绵成绿色的织锦，溪水在山间流淌，汇入车窗下的河流。蜿蜒的绿色河水缓缓地流淌，像在讲述湘西几千年的梦境。简直美得不可方物。

不知什么时候六天站在了我身边。"其实，我是看了蛋蛋的博客才想来湖南的。她写了一篇长沙的游记。她说长沙的美，浓得化不开。我就想来看看，看看她走过的橘子洲、岳麓山，住住她住过的青旅。但是她文章里写的那种情怀我感受不到。直到刚才，看到了这里的美景，我才明白过来，这种真实的美景才是我想要的。这么多年我一直在追赶，追赶不属于我的情怀。想来我还是粗俗的我。做自己已经不容易，又何必再为难自己。"

我真的很讨厌六天的啰唆，但是我这次没有打断他。

小世界

一

人们总是不愿意面对自己的死亡，"临终"始终是两个敏感的、很难让人平静接受的字眼。尽管在我们这个科技已经十分发达的二十二世纪，依然有大部分人无法冷静地面对生命的消逝。

我是一家临终关怀医院的护士，这家医院已经有上百年的历史了。我深信科技可以改变我们的生活，如今的人们已经十分娴熟地掌握了克隆技术以及更为神奇的人工智能技术，他们几乎完全复制了自然人本体的生命。但是人的生命真的能用现代科技来完全代替吗？我不能肯定，虽然这在这个时代已经不是什么稀罕事。

与其思考这些深奥的道理，我更乐于陪伴我的病人们。他们多半是孤苦伶仃、身患绝症的老人，以及被遗弃的人工智能机器人。我愿意尽我所能在他们人生的最后一段日子让他们过得舒服而有尊严。

为此，我的男朋友艾利常常抱怨我工作的时间太长。他是个网络工程师，每天只需要在家工作，所以我也为不能经常在家陪他而感到愧疚。不过今天我要早点回家，因为艾利刚刚打电话说家里有惊喜在等着我。

当我经过亨利的房间时，他挥着手臂跟我打招呼。亨利是医院里为数不多的机器人之一，大多数机器人在被遗弃后都被人工分解并被拆分零件，再重新运用到其他工业产品中去。亨利是偷偷从工厂逃出来的，我不知道他来医院多久了，总之在我来到医院之前他就已经在这里了。亨利的外表虽然还跟刚被制作出来的时候差别不大，但是经过五十多年的运转，他身体里的芯片其实已经十分破旧了，由于技术上的更新，他身上的零件也早已无法再被修复。

他的脸很像法国人，却长着一个罗马式的鼻子，激动的时候双颊绯红，显得十分滑稽。"乌鸦！乌鸦！"亨利十分激动地呼唤我，我轻轻地握住他的手，在他的床边坐下："告诉您多少次啦，我不叫乌鸦，我叫科尔比。"

"可是你的名字在法语里就是乌鸦的意思。"

我佯装嗔怒皱了皱眉："我生气啦，下次不给你带纸筒蛋糕了！"

亨利非常为难也非常难过地说："美丽的小姑娘，快帮我把柜子里面的那个木质匣子拿出来，拿到这儿来。我感觉很不好，我的身体已经无法灵活摆弄了。我要把我的秘密告诉你。"

每天都有很多孤单的人离开人世，他们总是要我们保守各种各样的小秘密，或者帮助他们完成最后一个小愿望。

当我把柜子里的破旧木头匣子拿到亨利面前时，他一边用手摩擦着匣子上老旧的木质纹路，一边眼圈通红，鼻尖和脸颊也跟着绯红了："科尔比，等我不在了，你能帮我保管这个盒子吗？你跟我保证，不要给别人看。"

我看了一眼他拆开的信封，说："放心吧，我不懂法语。"亨利放心地点点头，开始给我讲他的秘密："其实我是个机器人。"当然，他的"秘密"我已经听过很多遍了。在这所医院里，所有人都知道他是个机器人。

"是我的女朋友把我制作出来的。但是她已经离开我了……"

他太"老"了，不应该情绪这么激动。我一边安慰他，一边扶着他在床上躺上，一直哄他睡着才离开。

当我回到家时，甚至比平时还要晚一些。但是艾利不但没有责怪我，居然还亲自为我烹饪晚餐，甚至请来了我们的邻居杜克帮忙。他们把客厅布置了一番，还铺上了织锦的素色桌布，并摆上了家里最精致的餐具。

"噢，天啊。艾利，你就像上个世纪的英国贵族！"我走过去拥抱了艾利，踮起脚在他深邃的蓝眼睛上轻轻一吻。

"亲爱的科尔比，今天是咱们三周年的纪念日。你还记得吗？我特意叫杜克过来帮我做这个你最喜欢的苹果派。"艾利一边把我带到餐桌前一边为我斟上一杯杜松子酒。

杜克是我们的多年的好友兼邻居，他跟艾利一样都是网络工程师，并且因长期的独身生活而掌握了颇为良好的烹饪技巧，我们时常要向他请教。他有着一头热情的红棕色鬓发，苍白的脸颊上有几粒雀斑。

"亲爱的，"我一边帮艾利倒上他最喜欢的龙舌兰一边说，"我已经迫不及待地想要尝尝了。快问问杜克想要喝点什么。"

杜克十分羞涩地推脱说晚上还有其他事情便离开了。我很喜欢杜克，他是一个让人时刻感觉舒服的朋友。艾利去门口送了送杜克，便回到餐桌前坐下了。

"科尔比，亲爱的，请原谅我，我昨天不该对你发火。"

事实上，我早已经把昨天的争吵忘在脑后了："瞧，艾利，过去的事就让它过去吧，咱们干杯。"

"等等，科尔比，我明天要去公司总部开会，上午的飞机，所以我不能喝太多。"

就在我有些意兴阑珊的时候，室内的灯突然暗了下来，音乐从四周传来，我和艾利的餐桌中间出现一张巨大的投影。接着，艾利的脸出现在屏幕上，深情地凝视着我，轻轻地用他特有的懒洋洋的声音吟咏：

> 米哈博桥下，塞纳河流淌
>
> 我们的爱
>
> 是否值得缅怀
>
> 但知苦尽终有甘来
>
> 让黑暗降临，让钟声敲响
>
> 时光流逝了，我依然在……[1]

---

[1] 节选自法国诗人阿波利奈尔·吉洛姆的诗《米哈博桥》，该诗写于 1912 年。

这一切让我想起我们初次相识的情景。我第一次去巴黎旅行，浪漫的塞纳河畔，遇到了我的爱人，艾利。我知道眼前的景象是艾利编制的一个程序，但是我依然沉醉其中。

"亲爱的科尔比，在我出差的这段日子里，我怕你孤单，因此做了这段程序。我还记得第一次见到你时，你便是一个人站在塞纳河畔看着这首诗发呆……"

穿过白色屏幕折射的光，我依稀看到餐桌对面艾利的脸，和屏幕上虚拟的笑脸重合在一起，带着温度。

我们重温了往日幸福的时光，度过了如此美妙的一个夜晚。

第二天一早，我给艾利做完早餐，便接到了来自医院的电话。我的同事告诉我，昨天夜里值班护士发现亨利失踪了，他留了一张纸条，已经投湖自尽。我心里很难过，亨利没有亲人，我想尽快赶回医院去看看。

这时艾利起床走了过来，我把早餐拿到餐桌上，跟他说亨利自杀了，我必须马上回医院去。他看了一眼我还没有收拾干净的厨房顿时大发雷霆："我们的厨房一团糟，说过你多少次了，操作台又没有擦干净，我可不想生活在如此糟糕的环境中！你每天就想着工作，家庭在你心里到底有没有位置！"

我为他的无理取闹而非常生气，我注意到他的眼睛，那是一双每次吵架都会因愤怒而瞳孔缩小的灰蓝色眸子，我忍耐不住内心的失望，悲愤地大声吼道："不要一大早就跟我吵，我没有义务为你做这些。无论怎么样，我要先走了。"

"你走吧，再也不要回来了！"摔门而出的一瞬间，我听到艾利在大声地咆哮。

如果我能预测未来，我一定不会摔门而出，但是我们就是如此茫然无知地一错再错。

二

当我赶到医院时，亨利住过的床铺已经被收整干净，并换上了崭新的床单，生与死在医院里已经常见到让人麻木了。我只能独自收起他放在衣柜中的遗物——一个破旧的木头匣子中的一些旧信笺。在这个越来越格式化、数据化的年代，这些老物件显得弥足珍贵。当我们丢失一个硬盘或者损失一块芯片时，我们会觉得身体中的一部分消失了。但是当我们死去了，关于我们的一切信息将被注销，抹得干干净净。因此这些信笺就是亨利的一部分，也是他存在过的无法销毁的物证。

一整天我还在为艾利生气，我知道他早上要乘飞机，却依然赌气而没有联系他。让我没有想到的是，意外就这样发生了。当我接到机场的消息时，正是飞机刚刚起飞没多久时。这真是一场可怕的灾难，飞机先是跟基站失去联系，继而就爆炸了，所有乘客和机组人员无一人生还。我甚至没有机会跟艾利道别。我感觉天旋地转，失去了知觉。我的生命仿佛和艾利一起格式化了。虽然在医院中我早已见惯了生死，但是爱人的突然离去还是一下子就把我击垮了。

我跟医院请了病假。但是我不愿意待在家里，家里到处都是艾利的影子。甚至厨房操作台上面浅褐色的油迹斑点都还在，时刻提醒着我那个早晨还在同我争吵的、鲜活的生命肉体已经永远地离开我，去往另一个神秘未知的世界。

我在家里痛苦地挣扎了一夜，望着天边的星辰在晨光中渐渐消失。当阳光就像艾利的手轻抚我的脸庞时，我紧绷的神经得到了舒缓，才渐渐睡去。不知睡了多久，我被急促的敲门声惊醒了。我头疼欲裂，又渴又饿，但还是挣扎着从床上爬起来去开门了。

是杜克。他惊讶地看着我，我知道我邋遢的样子一定吓到他了。我一声不吭地让出过道，杜克提着一些食物径自走到厨房。"我昨天得到消息后就过来了，可是敲很久的门也没有回应，你的电话也被转移到语音信箱。我想你一定没有吃东西，我买了点吃的。无论怎么样，生活还要继续。"杜克用教训小孩的语气赶我去洗脸，然后将食物装在盘子里拿到餐桌上。

"我不想让你们担心，也没有告诉任何人。我想我一个人会度过的……"我洗漱过后感觉头痛减轻了许多。

"科尔比，艾利的事我们都很难过。但是我也很担心你，所以我已经联系了莉莉，她说下午就会赶到。我建议你去她那里休息几天比较好。"莉莉是艾利的双胞胎妹妹，她一个人住在这座城市的另一边。她是我们的好朋友，此时她正在佛罗里达的海滨度假。

我望着镜子中自己布满血丝的眼睛和苍白的嘴唇，没有说话。

"同时，这所房子我会暂时帮你保管，还有艾利工作上面的事我也负责做一个交接。我建议先申请保存艾利的资料一段时间，不要立刻格式化，因为，我在想用什么办法能让他回到我们身边。"

我望着杜克真诚的眼睛，摇了摇头："不，杜克，不！艾利已经死了！无论用什么方法都已经不是艾利了！"我当然知道杜克指的是他和艾利一直参与的更为完美的人工智能技术。

"冷静点，科尔比，这件事咱们以后再商量。"杜克安慰着我。

莉莉赶来时已经是傍晚了，她的私人飞机径直停在了院子中的草坪上。她冲进来，见着我就忍不住抱着我大声痛哭，我不得不安慰她："莉莉，很抱歉，请不要再伤心了……"

沉闷的晚饭后，我把家里钥匙交给杜克，简单收拾了几件换洗衣服，跟莉莉上了飞机。"谢谢你，杜克，一切都交给你了。"我握了握杜克的手，与之道别。室外风很大，杜克的脸颊红红的、雀斑更明显了："放心吧，科尔比，你需要换换环境。"

莉莉也认为我换个环境会比较好，至少不会更糟。然而令我和莉莉难过的是，我们两个人的交集就是艾利，接下来的几天，仿佛艾利就在我们的身边，我们无时无刻不会想到艾利。尤其每当夜深人静时，脑海就会被回忆所充斥，点点滴滴都像一把尖刀一点点地刺向我的心。

"食不甘味，夜不成寐"终于不是夸张的说法。

　　直到有一天，莉莉犹豫着跟我说出她的想法："要不然，咱们想想办法让艾利回来吧！科尔比，我太痛苦了，我想念艾利，我整夜整夜睡不着，想到他就心痛……"

　　"可是莉莉，这个世界上就只有一个艾利，他已经死了。人工智能只能做出艾利的身体，但是没有艾利的心呀！"我何尝不想再次拥抱艾利的身体，哪怕再见他最后一面，但是这虚假的真实真的有用吗？

　　"科尔比，艾利是个网络工程师，他留有大量的语音信号，杜克已经将艾利的语音模拟系统设定出来了。我们现在已经可以和艾利通电话了。你，想听听吗？"显然，莉莉和杜克已经背着我将艾利在所有社交平台上面的虚拟讯号制作成了虚拟现实的程序，尽管我十分讨厌这种虚假的感觉，但是我又实在太渴望听到艾利的声音了。

　　我终于抵不住诱惑，颤抖地戴上耳机。对面沉默了一会儿，我也沉默着屏住了呼吸。

　　"Hello！"天啊，电话那边是艾利的声音，是他那特有的懒洋洋的声音。我终于忍不住抱着耳机泪如雨下，千言万语堵在喉咙中，仿佛将要窒息，我从来不知道泪水会这样不由控制地流下，我那已经死去的爱人，在电话的另一边复活，说着他最平常的那些调情的话。

　　我还可以给"虚拟艾利"发消息，系统会根据他的说话习惯和语气回复相应的文字或者语音信息。我沉浸在这种虚拟的幸福之中，仿佛艾利真的只是去出差了。每当我们住在一起时就会因为生活的琐事而争吵，但是一旦分别一段时间，感情就会像回到热恋期一般甜蜜。"虚拟艾利"就是这样让我活在回忆中，并且永远也看不到未来。

一周后，莉莉送我回家。我们和杜克需要认真地讨论一下关于机器人制作的问题。是的，我已经屈服了，我已经离不开"虚拟艾利"带给我的真实感，我想要一个实体的艾利在我身边，而不仅仅是一台冰冷的机器发出虚拟的讯号。

如果艾利回到我的身边，我愿意用更多时间陪伴他。我也愿意承担更多的家务，把家里收拾得干干净净。我愿意陪他分享程序的美妙和神奇，也不会再同他争吵，更加不会摔门而出。原来一切都抵不过他在我身边。

三

经过一个多月煎熬的等待后，一个看上去真实的、完全在外貌上无法做出区分的全新艾利出现在了我面前。金色微鬈的头发一丝不苟地贴在额头上，光滑而富有弹性的皮肤能够自动调节温度，全新艾利还拥有我们所设定的美好回忆——他的善良和热情，他的心路历程，以及他和我的爱情。

杜克将智能芯片放进新艾利后腰的凹槽里，艾利睁开了眼睛。他先是伸展了一下四肢，然后环视了一下四周，继而懒洋洋地对我们说道："你们好，我是艾利，很高兴与你们成为一家人。我认识你们。嗨，科尔比，我亲爱的，我很想你。这是我的妹妹莉莉，当然还有我的好哥们儿杜克。你还没有教会我做苹果派哦。"我观察到这个机器人说话的神态、语调，举手投足之间都和艾利非常相像，说话时面部的肌肉自然地舒展着，语气笃定之处微微地耸肩……我忍不住轻轻拉起他的手，天啊，身体的温度和皮肤的触感都和真实的人类没有任何的区别。

莉莉非常满意，一边挽着我的手，一边对杜克做鬼脸："我难以想象这是一个不抽烟的艾利，让我们忘掉那个老烟鬼吧！"显然这是艾利出事以来我们最开心的一天。我们打开一支香槟庆祝，一起吃了一顿丰盛的晚餐。艾利一如既往温柔地望着我，一时间我有些恍惚，这个真真实实就坐在我身边的爱人难道真的会有什么不同吗？我没有虚假感，艾利从容地握着我的手，就像从前的每一次聚餐一样，没有任何的不同。他殷勤地招呼大家，承担着"一家之主"般的角色。席间，杜克也多喝了两杯，脸颊更加红润了。我也悄悄地把艾利的照片重新放回到屋子中的各个角落，再也不会看见他的笑容就止不住流泪。

我们的生活恢复平静。我依然每天去临终关怀医院工作，艾利依然每天在家。我们之间真的再也没有了争吵，一切都完美得不可思议。因为在制作的时候，杜克就将这个全新的艾利设定为一个完美的情人。他每天为我准备好早餐，晚上又做好晚餐等我回家，同时包揽了家务活，还非常理解我偶尔的加班，再也不翻看我的电邮和手机。我偶尔跟他抱怨工作中的不愉快，他也不像从前一样骂我是白痴，而是耐心倾听，然后永远站在我的角度替我撑腰。他不抽烟，不酗酒，从来不去外面过夜，也不会不耐烦，再也没有冲我大喊大叫。

我感觉生活从来没有这样幸福过。日子平静地过下去，但是有一种说不上来的感觉，这种感觉，仿佛艾利活着的一切意义就是为了取悦我。这些在从前都是不可想象的。

生活恢复了往日的节奏，但我跟艾利之间的话题却越来越少了。生活节奏被艾利有条不紊地掌控着，再也没有意外，也没有惊喜。艾利的身体里就像拥有一个设定好的闹钟，永远在合适的时间做合适的事，随时差遣，永远不会懈怠也不会抱怨。房间里整洁干净，再也看不到从前的脏乱痕迹，脏兮兮的烟灰缸早就被丢掉了，以前吵架时茶杯磕坏的地砖也不知道什么时候换成了新的，过去的一切痕迹被抹得干干净净。

这样的生活难免有点无聊。每当我跟艾利激动地介绍一本书时他总是微笑着接受我全部的观点，再也不会同我争论得面红耳赤。我甚至有点怀念从前和艾利的拌嘴与抬杠，故意想找碴，但是艾利把一切都做得非常完美，有好几次，我张开的口又默默地闭上了。我看着这个"完美艾利"的熟悉的身影，感觉却如此陌生。

四

三个月后的一天中午，我正在医院餐厅吃饭，突然我的同事走过来问："你是不是一直负责照顾亨利？那个机器人。"我点点头。他说，接待室有一位夫人，自称是亨利的亲属，她想见见我。

　　我没有想到亨利还有亲属在世，忙收起餐具来到了接待室。一位上了年纪但依然气质优雅的老夫人正安静地坐在沙发上。我微笑着走过去跟她自我介绍。

　　老人家十分激动地握住了我的手，说："感谢你一直陪伴亨利。护士，我不知道该如何感谢你。我打听了很久，才知道亨利原来一直住在这里，我终于还是没能见到他最后一面。"

　　我扶着她重新在沙发上坐下："夫人，您听我说：我们不知道亨利在这个世界上还有亲人。不过我相信，如果他能去天堂的话，看到您来也一定会很高兴。"

　　老夫人用有些颤抖的声音说："不，也许他还在怨恨我。都是我的错，我不应该把他制作到这个世界上来忍受痛苦，他是无辜的。"

　　此时，我才明白，她原来就是亨利念念不忘的老情人。我想我应该把亨利的遗物交还给它的主人："您就是亨利所说的女朋友凯瑟琳吗？"

　　老夫人点点头："他还跟你们提到过我？"

　　"当然，您稍等，他还有一个木头匣子交给我保存，我去拿出来，交还给您。"老夫人非常慈爱地看着我，这让我想到了爱我的外婆。

　　当老夫人看到匣子里面那些陈旧的信笺时，方才平复的心情又难以抑制地激动起来："原来他还一直留着这些信……"眼泪从老夫人脸上的皱纹中蔓延，滴到她的手上，又流到信笺上，泛黄的信纸上就像绽开一朵朵梅花。

"夫人，亨利就长眠在医院后面的湖泊中，您好好收起这些信，我带您去看看他吧。"我帮老夫人收拾好匣子，扶着她走出医院。

　　当我们沐浴在午后的微风中时，老夫人的心情总算恢复了平静。我终于向她问出了我的疑惑："之前听亨利讲述你们的故事，我以为您早已经离开人世了。让我不明白的是既然你们如此相爱，又为什么要分开呢？亨利一个人在医院孤单地住了好几年，是我见过的难得的善良的人。"

　　老夫人用忧伤的眼神望着我，叹了口气，说："你和我的女儿一样，已经被科技改变了生活，但是我们是老顽固了，我只相信我自己的感觉。机器人再完美也不能代替人类的感觉呀，小姑娘！"听到这里，我心里咯噔一下，某些我还不曾承认的感觉在我心里发芽了。

　　"亨利因车祸去世时，我已经怀孕八个月了，我伤心得晕了过去。吃不下也睡不着。但是我为了我的孩子，咬牙挺过来了。我的朋友们在我女儿出世之前替我制作了一个全新的亨利。一开始，我们生活得非常幸福，新亨利简直太完美了。但是随着女儿不断长大，问题来了。活着的人有千百种感觉，无论是开怀大笑，还是伤心欲绝，所有的情绪都是真实的。更可贵的是，我们的感觉是变化的，是复杂的，是不可被设定的。这个完美的亨利开始让我害怕，他有着跟亨利完全一样的身材和样貌，却让我感觉不到生活的真实。同样也是这些感觉时刻提醒着我，亨利已经死了！我痛苦极了，可是一开始，我想为了女儿忍耐，我不太想让他出现在亲朋好友的面前。但有一次我在家里给女儿举办生日聚会，邀请很多女儿在学校的朋友们。因此我希望他在阁楼上面回避一下。他从不忤逆我的话，一直安静地待在阁楼上。但是当我给孩子们分蛋糕时，我的女儿拉着我的手说她要两块。我并没有多想，但却发现女儿带着一块蛋糕偷偷地上楼了。我不知道女儿要去做什么，便偷偷跟着她。"老夫人停了一下，看着我，然后继续说，"我的女儿竟然偷偷去阁楼上给亨利送蛋糕。"

这时我们来到了湖泊边上，几只自由的水鸟从浅蓝色的湖面上一掠而过。

"小姑娘，你可能不能理解我的恐惧，我怕极了。我不想我女儿的感情也被科技所操纵，我不得不狠心将他赶出来，并且至今还欺骗我的女儿说是亨利离开了我们。"

我已经忘记那天我是如何送走老夫人的了。我听到内心深处的某个地方开始崩塌，我开始疯狂地怀念那个吵架时天崩地裂、永远臭袜子乱扔、懒洋洋地窝在沙发里打游戏的不完美然而真实的艾利。

但是我不能赶走新艾利，他是无辜的。但是我同样无法面对自己的内心。生活是如此浑浑噩噩，我现在比初次失去艾利时更为痛苦。

我就这样挣扎在痛苦的边缘。夜里难以入睡，我看着艾利熟睡的脸，我很想抱紧他，但是这个熟悉的躯体中已经换了一个不同的灵魂。我毫不怀疑自己深爱着艾利，真正令我恐惧的是我不知道我的爱是否在逐渐变成一种既定的程序和冰冷的数据。这一切现实让我窒息，并不断地提醒着我艾利已经死去这个事实。

第二天一早，趁着艾利还没有醒来，我悄悄把芯片拿出来，他立刻变成一个没有生命的模型。我将他拖到衣柜中，关上衣柜的门，仿佛关上了我整个的世界。我只能选择这种方式逃避，我无能为力。

今天是周末，我走在喧闹的大街上，看见身边擦肩而过的情侣们，心中痛苦极了。我强迫自己忘掉衣柜的存在。我不断地想，我是一个有理性精神的现代人，我不能沉浸在生活的虚假之中，欢笑是虚假的，幸福是虚假的，连罪孽都是虚假的。

回到家后，我一个人收拾草坪，看书，烹饪，听音乐，忙累了就躺在床上准备睡觉。但是我却如何也睡不着。夜深人静时真的是人类意志力最薄弱的时候，我开始疯狂地想念艾利，脑海中不断回放着过去的点点滴滴。我痛苦地挣扎着爬起来，打开衣柜的门，轻轻地把芯片装回机器人的身体。月光中的艾利用无辜的蓝眼睛望着我，我却忍不住抱住他大声痛哭。

后来的某一天，我的朋友们邀请我们一起去海边的山顶观看日出。凌晨四点半，山崖边的野花同我们一道期待着清晨的第一缕阳光。我和艾利站在山崖脚下，被大自然的美景所震撼。脚下的海浪在风中拍打着山崖，远方的海平面与蓝色的天空穹顶之间浮现出由金色渐渐变成红色的光泽。眼前的世界从深蓝色渐变为粉红色，再变为玫瑰色，就像上帝打翻了调色盘。

仿佛整个天地间也只剩下我和机器人艾利。我对他说，"如果可以，我多希望我也是机器人。这样有人在我的身体里拿出一个芯片，我就再也不用面对这个虚假而无意义的世界。或许长眠也要比现在好一些。"

艾利惊讶地望着我，没有说话。

"我知道你不懂，因为你身体的感受都是被预设好的结果，没有预设的那部分感觉你就永远不会有。而人生又是最难被设定的，如果我们能够被设定，那么人生还有什么存在的意义？就像这曙光的美，就在于不可预期的惊喜和把握不住的稍纵即逝。"

我牵着他的手，有这么一瞬间，很想就这样一起跳进这片玫瑰色的海洋里。

第二部分

杂

文

众神喧哗的印度

一个人旅行了全印度，看到了一切东西，可是除非他读了《罗摩衍那》和《摩诃婆罗多》，否则他不能了解印度的生活方式。

——拉贾戈帕拉查理《摩诃婆罗多的故事》

迦梨女神的土地——加尔各答

2018 年的春天，我与朋友们相约在印度过洒红节，由此开始了我的第一次印度之旅。这次的北印度之行就像一幅神话地图，由东向西徐徐展开。

第一站就是被称为"迦梨女神之地"的加尔各答。

加尔各答，是印度西孟加拉邦首府，位于恒河三角洲，是仅次于孟买和德里的印度第三大城市。传说其名字来源于迦梨女神，拥有印度本土最大的迦梨女神神庙，因此也被称为"迦梨女神的土地"。

其实，刚从飞机上下来，就能感受到从孟加拉湾吹来的湿润的风。加尔各答热情的暴雨顷刻而至。街道更加混乱不堪，湿热的空气有些让人透不过气。

uber（优步）载着我来到早已预定好的青旅，意外地遇见了许多国人。在大多数国人的刻板印象里，北印度，尤其加尔各答，就是混乱不堪的代名词。这或许应"归功"于丹·西蒙斯被称为"印度旅行劝退指南"的《迦梨之歌》。

那是一本才华横溢充满想象力的优秀恐怖小说，但是如果你把小说中虚构的加尔各答与现实混淆，那就真的应该先来这里感受一下了。

不同肤色和信仰的年轻人聚集在这里，除了旅行，更多的人是长期留在这里做义工。青旅老板是一对日本夫妻，大约十年前他们在加尔各答做义工的时候相识相爱，最后一起留在了印度。青旅里还长期住着一个香港女孩，因为旅行而爱上印度，便留在加尔各答做义工，一做便是三年。

一面天堂，一面地狱。在一个信仰的国度，利己主义便无法抬头。此生的修行变得尤为重要。

香港女孩阿文做义工的地方叫 Kalight[1]。我跟随她在那里遇见了更多年轻人，有韩国和日本的学生，还有澳大利亚和比利时的男孩，更多的是国人，来自台湾、广州、长沙和西安。

垂死之家里住着很多老人，他们安详地等待肉体的消逝。正如《西藏生死书》中说的那样——学会怎么死亡的人，就学会儿怎么不做奴隶。更何况旁边就依傍着迦梨女神神庙呢。

在宗教混合融洽的印度，印度教始终是主流。但是即便如此，印度教松散而悠久的教义在每个人心中可能都有着不同的

---

〔1〕 Kalight，即"垂死之家"，德兰修女生前所创设的收容所。

解读。

现代印度教在从婆罗门教演化而来的过程中大量吸收了佛教、耆那教，甚至锡克教的宇宙观。如今影响最大的大约有三个派别：分别是毗湿奴派、湿婆派和性力派。迦梨女神是印度教最重要的派别之一性力派最喜爱的神祇。

迦梨女神是湿婆配偶雪山女神帕尔巴蒂的一个化身。古印度史诗《摩诃婆罗多》中象城王子毗湿摩就是恒河女神与福身王之子。而恒河女神就是雪山女神帕尔瓦蒂的姐姐。他们的父母就是喜马拉雅山神与须弥山女神。古印度神话盘根错节，人物众多，想象力比古希腊神话有过之而无不及。

聪明而善于思考的古印度人创作出了伟大的吠陀神话，用自己独有的智慧解释着宇宙的起源和时间的尽头。

喜马拉雅山的神话便是其中之一。现在位于我国西藏境内的冈仁波齐更是印度教最伟大的圣山，相传大黑天湿婆便长年居住其上。

印度教三位主神分别是创造世界的梵天、保护世界的毗湿奴以及代表破坏与重生的湿婆。他们三位分别有一位女性配偶，三位女神代表着智慧、财富和力量，受到印度人民的喜爱。其中，湿婆的妻子帕尔瓦蒂便是力量的化身。她有几个形态，有战神杜尔迦，以及可以吞噬宇宙的迦梨。迦梨是印地语音译，如果直译就是"时间之母"的意思，所以，也有人称之为"时母"。

当然也有人类学家称，印度教里女性神祇的多重化身其实是来自于雅利安文明之前的古老文明。强大的本土女神因为奉行男权的游牧民族雅利安人的入侵而被全面覆盖。原始女神变为了男性神祇的配偶出现在早期婆罗门教中。

但是无论怎么解释，对于女神和生命力的崇拜则延续了下来。从婆罗门教到现代印度教，最终在性力派中蓬勃发展起来。

时至今日，每天清晨，人们依然会在迦梨女神神庙前举行动物活体祭祀。一般是宰杀一只羊。这座现代化大都市每天清晨都从这样原始的祭祀方式中醒来。人们穿过混乱不堪的街道，有序地在神庙前排队，众多的湿婆神庙围绕着迦梨女神庙鳞次栉比地展开。

印度教从希腊化时期开始，形成了辉煌的犍陀罗艺术风格，因此对于建造形神兼备的偶像轻车熟路。眼前的迦梨女神形象和书中无异，印度 Colors 电视台拍摄了名为《摩诃迦梨》的神话电视剧。我在东南亚的很多机场都看见过该剧的宣传片。

不管是纸质书、电视剧还是神庙中，神的形象完整而统一。黑色脸庞的迦梨女神戴着骷髅头骨串成的项链，长长的舌头从血盆大口中伸出，一直垂在胸前，铜铃般怒目的双眼，舞动的四肢，赤脚踩在她的丈夫湿婆白色的身体上。

为了拯救人类，温柔美丽的帕尔瓦蒂女神化身残暴恐怖的迦梨。她张开大口吞噬了世间一切的罪恶，人类得救了，但是兴奋的迦梨却控制不住自己而跳起舞来。可是迦梨力量强大的舞蹈可以地动山摇使世界再次毁灭，湿婆的力量也无法阻止迦梨，为了拯救苍生，湿婆用自己的身躯作为迦梨舞蹈的地毯，承载着来自恐怖女神的力量，从而使大地免遭毁灭。

可以说印度是宗教的王国，也是神话和史诗的王国。动人的诗篇在古老的婆罗多大地传承。

从迦梨女神庙出来，天气越来越热，我不得不沿着林荫道继续探索湿婆神庙。湿婆的众多庙宇紧紧围绕着迦梨女神，形成一个守护的形象，深情地望着他的"恐怖而慈悲"的妻子迦梨。

湿婆有许多象征，有时是"林迦"，有时是他的武器三叉戟，有时则仅仅是一颗金刚菩提。印度大街小巷中贩卖的金刚菩提被称为"湿婆的眼泪"，被大家所喜爱，也被湿婆派的信徒挂在头发上、手腕上、脖子上和腰间。

每进入一座湿婆神庙，门口便有信徒为我在手腕上系一根红绳。走过越来越多的湿婆神庙，手腕上的红绳也越来越多，这是来自印度教最朴素的祈福。就像过几天将要去往的瓦拉纳西，婆罗门仙人在人们的额头用姜黄粉画上三道祝福一样。

神秘多元的印度教哪怕在印度本土的不同城邦之间也呈现着异彩纷呈的变化。北方邦多与佛教和耆那教融合，南方邦则更古老一些。

加尔各答是这次旅行的起点，不出去闲逛的时候我就跟大家一起坐在青旅吃烤饼谈天。夜间的加尔各答弥漫着一股颓废的气息，光脚的三轮车夫、与野狗同睡的乞丐、无序吵闹的交通、肮脏阴暗的街道、漫天飞舞的乌鸦，特别是远处清真寺传来的祷告，在其间有种陷进电影里的感觉。

我却越来越喜欢这个与众不同的地方。

马上要离开加尔各答了，下一座将要抵达的城市是瓦拉纳西，以及毗邻的菩提伽耶。我们也将在瓦拉纳西度过洒红节。

飞机定在了下午，凌晨四点我就被乌鸦的叫声吵醒了，慢慢等待到天亮。我打算用上午半天的时间探访一下泰戈尔故居。这里位于一个小巷子深处，即便跟着导航也不好找。门口是一座泰戈尔半身铜像，络绎不绝的游客喜欢在这拍照留念。

这座府邸在破旧的城区显得比较豪华和宽敞，像其他的博物馆一样陈列着泰戈尔的生平用品和工作环境。泰戈尔毫无疑问是中国人最为熟知的印度诗人，甚至中小学生都能随口背诵一句"生如夏花之灿烂，死如秋叶之静美"。然而，如果我们不懂得印度哲学中的生命观其实是无法真正读懂泰戈尔的。

泰戈尔作为一名婆罗门出身的印度民族诗人，虽然曾经留学英国，游历日本、俄罗斯，并受到西方哲学思潮的影响，但他的思想的基调，其实还是印度古代从《梨俱吠陀》一直到《奥义书》和吠檀多的类似泛神论的思想。

在这里我赞同季羡林的观点，即泰戈尔以神或"梵"为一方，称之为"无限"，以自然或现象世界以及个人的灵魂为一方，称之为"有限"，无限和有限之间的关系，是他哲学探索的中心问题，也是他诗歌中经常触及的问题。泰戈尔跟印度传统哲学不同的地方是，他把重点放在"人"上面，主张人固然需要神，神也需要人，甚至认为只有在人中才能见到神。从另一方面来看，这也是沙门思潮的延续。我们可以从国人熟悉的老庄哲学中看到相似的部分。

印度和中国，东方两个古老的农耕文明之国，在所谓的轴心时代迸发出了相似的宇宙生命观。

离开泰戈尔故居，我便乘车赶往加尔各答机场，准备飞往瓦拉纳西。机场的 LED 屏幕上依然放着《摩诃迦梨》的预告片。这部电视剧的男女主人公恰好是我最喜欢的印度年轻演员之一。

两小时之后，飞机降落在印度教圣城瓦拉纳西。她坐落在恒河中游新月形曲流段的左岸。

华丽的废墟——瓦拉纳西

瓦拉纳西机场内部小巧，外部整洁，精心修剪过的草坪衬托着纯白色的候机楼，显示出现代文明的气息。后来我们才意识到，机场可能是瓦拉纳西最有现代气息的地方了。

我们一行人跟金杯车司机商量好了价格便一起前往预订好的酒店。离开机场，瓦拉纳西的街道在太阳的炙烤下显得萧条又落寞。如果说湿润的加尔各答有点像广州番禺的旧城区，那么干燥的瓦拉纳西就是没有高楼大厦的印度北方县城。

是的，一路上街道两边都是低矮的二层小楼，混乱的市中心矗立着一些中国品牌的广告牌——年轻的印度艺人拿着

Oppo 手机，露出洁白的牙齿和灿烂的笑容。

我们乘坐的这辆简陋的金杯车甚至坏了一只后视镜，但是速度却没有因此而减缓分毫，不一会儿就停在了目的地。今晚我们住在恒河边上，河岸边是密密麻麻的居民区，这些小巷子就像迷宫一样混乱而紧密。没有车子能开进去，我们只能背着行李横穿小巷，最后还要翻过一座不算低的土坡。

因为明天就是洒红节了，街上充满了节日的气息，每隔几步就是卖各色颜料的小摊子，拥挤的街上挤满了悠闲的人和动物。神牛横卧在街心，野狗也四脚朝天睡在土地上。往来的摩托车和电瓶车绕着灵活地绕开它们。

人们都知道，牛在印度是神圣的。突突车司机曾经指着站在柏油马路中心的黄牛说："这是我们的神。"这里没有人伤害牛，甚至印度教教徒被禁止吃牛肉。因为，在印度神话中，重生之神大黑天湿婆的坐骑就是一只印度特有的瘤牛[1]，名字叫南迪。湿婆力量强大，常年在吉罗娑山苦修。这个吉罗娑山就是中国境内西藏阿里地区的冈仁波齐圣山。人间的信徒想要通过苦修取悦湿婆，从而让湿婆用他强大的神力帮助自己实现愿望，就会通过瘤牛的耳朵传达给湿婆。在神话中，湿婆就是通过南迪的耳朵倾听人间疾苦的。因此，瘤牛在印度就是人间和神的"电话线"，所以印度的百姓说牛就是他们的神也不为过。

---

〔1〕 瘤牛，古称犦牛、犎牛，热带地区特有的牛种。因脖子连着背部有一肌肉隆起似瘤而得名。

我们爬上一个土坡，恒河就出现在了眼前。恒河是如此宽广，既看不到尽头也看不到来路。七千多年前的古印度人，站在这圣洁的大河边，就这样自然而然地把它想象成一位穿着纯白色纱丽的女神，从遥远的喜马拉雅山上诞生，又受到天神的感召来到天界，最后再为了众生的疾苦降落凡间。

恒河女神用圣洁的河水净化着凡间，净化了污垢和罪恶，就这样静静流淌了几千年。面对着恒河滔滔不绝的江水，我无法想象一生桎梏于基督教的远藤周作在晚年是如何看待恒河的。

晚年的远藤周作在思想上开始滑向了日本式的泛神论，这在《深河》中大津对美津子的话中便可以看出。小说中大津说道："每次看到恒河，我就想起洋葱[1]。恒河无论是对伸出腐烂手指乞讨的女性，还是被杀的甘地总理都一样不拒绝，接受每一个人的骨灰。洋葱的爱河，无论是多么丑陋的人，多么肮脏的人都不拒绝。"大津在印度所做的事正是背负起一个又一个濒死的贱民把他们送到恒河，让一个从来没有享有过人的权利的贱民真正享有了一次人的权利——像印度人那样死去。

圣雄甘地曾说："就印度教而言，我本能地认为所有宗教多少带有真实，所有的宗教发源于同一个神，不过任何一种宗教都不完全。这是因为它们是由不完全的人传给我们的。"[2]关于印度教是一神教还是多神教，学术上有颇多争论。我曾经看

---

〔1〕 在《深河》中大津向美津子说明上帝耶稣时使用的代称。
〔2〕 语出《圣雄甘地语录集》。

到过这样一种说法："婆罗门教认为神是不可分的和无限的。无限之神的不可分性有两个不可分割的方面——无限意识和无限无意识。婆罗门教认为在无限无意识状态下的神叫伊希瓦，他是不可分的，他是宇宙的创造者，也是宇宙的维持者与毁灭者。伊希瓦状态作为造物主叫作梵天；作为保护者叫作毗湿奴；作为毁灭者叫作麦海士，也就是湿婆。宇宙就是从伊希瓦的无限无意识状态被创造、保护与毁灭的，这些行动是同时进行的……所以，我们可以得出结论，婆罗门教其实是一神教，每个神只不过是唯一神的不同神性而已。"

很多人从哲学和神学的角度探讨过印度教的宗教理念问题，某些方面又与远藤周作在他的作品中呈现出来的思考不谋而合。面对恒河，似乎很容易让人陷入形而上的思考。远藤周作不得而知，我也不得而知。

恒河边的酒店都比较简陋，但是依然很干净。酒店在河边的山上，我们拾级而上，办理入住的时候看到了院子楼上探头出来张望的印度小孩和猴子。我跟他们打了个招呼，便背着行李上楼了。这栋小洋楼拥有一个面对恒河的露天吧台，从早到晚景色极佳，还能看到洒红节的"战况"。

不久，朋友唤我下楼，我们要赶在晚上恒河夜祭前买回纱丽，用来参加明天清晨的恒河晨祭。小巷子有点像上海的弄堂，街巷纵横，迷宫一样，狭长且窄，很多次我们与抬着尸体的担架相遇，只能贴着墙侧身而站才能勉强通过。一路上遇见了数不清的尸体，用布紧紧包裹住放在担架上，被送往印度教徒的归宿——恒河。

　　途经一家印度的"网红"酸奶店，我们坐在店里休息了一会儿，不久店里就挤满了各种肤色的旅客。老板坐在没有玻璃的窗框门口制作酸奶，对着巷子里面的人们招揽生意。酸奶用可以反复使用的陶罐子盛装，很像印度电视剧中的样子，里面放入各种果干、干果和果酱，味道有些甜腻，但是我非常喜欢。

　　从酸奶店出来，沿着小巷子继续往前走，不久就来到了城区。城区也是一个小县城的光景，临街的店铺都十分破旧，沙丽店的门口放着几个塑料模特，身上穿着鲜艳的沙丽。

　　店里各种颜色的沙丽仿佛让人感觉进入了布庄的世界。沙丽被整齐地码放在柜子里，客人可以随意试穿，而且物美价廉。我后来还在阿格拉和德里买了一些印度服装，比沙丽日常，便宜且舒适。

　　离开沙丽店时已经接近黄昏，我们不得不尽快赶回河边，参加令我期待已久的恒河夜祭。

　　返回的途中，我跟朋友们在小巷子里走散了。瓦拉纳西的治安非常好，小巷子每一个拐角处都有一名警察，穿着英联邦时代的卡其色制服。印度的手机信号很差，我没办法打开导航，只能求助于警察。警察用浓重的印度口音英语幽默地说："一直往这个方向走，走到头就是恒河。这里巷子太多了，不要往左右岔路走。不过没关系，条条大路通恒河，如果你需要我也可以带你过去。"我道谢之后便离开了，因为每走一段路就会有一位警察执勤，我随时都可以问路，非常方便。

不久，我就走出了巷子，恒河就在眼前。高大的祭台上摆放好了献花，越来越多的人围绕在四周等待着。面朝恒河的一边还有很多游船，船上也同样早已站满了人。

我的朋友们还没有走到恒河，没想到我反而走了近路提前回来了。这时有两个拿着地图的游客用带有韩国口音的英语跟我问路，原来他们也是手机没有信号，无法导航过去，可惜我也不知道他们想去的毗湿奴神庙在哪里。

正说着话，便看到几位婆罗门[1]迎面走了过来，想要为我们赐福。其中一位婆罗门一只手端着铜制的工具盘，就像一个调色盘一样，用另一只手先给我的额头抹上姜黄粉，然后再抹上三道白色的粉，再点上红色的朱砂，最后用点着蜡烛、铺满花朵的铜盘一边在我面前转圈，一边念诵梵文咒语。几位问路的游客同我一样接受了赐福，整个仪式很快就结束了。一瞬间，我们看着彼此仿佛就像冒险归来的般度五子[2]，在象城接受贡蒂的赐福。

在印度的日子，我偶遇了一些来自全世界各地的年轻人。不管最初是猎奇也好，随波逐流也罢，最终都会在印度得到改变，并深深地爱上这里。

夜幕逐渐降临，我的朋友们终于匆匆赶到。五千年日复一

---

〔1〕 此处指执行祈祷活动的祭司官。

〔2〕 出自古印度史诗《摩诃婆罗多》。般度为其部族的父亲，因打猎时杀死了交合中的鹿而受到诅咒，无法有后代。其后在妻子的帮助下祈求神明赐予后代，正法王阎摩赐长子坚战，风神赐次子怖军，天帝释因陀罗赐阿周那，双马童神赐无种和谐天，这五个儿子即般度五子。

日从未断绝的恒河夜祭也已经开始了。

恒河夜祭的正式名称叫 puja[1] 仪式，起源于印度教徒感恩于湿婆和恒河女神所给予的全部恩惠，这既是人对恒河的祈祷，也是人与神沟通的仪式。

恒河夜祭的场地位于瓦拉纳西的 Dasaswamedh[2] 主石阶码头，每天傍晚时分，行走在恒河岸边就能听到清脆的祭祀铃声，来自印度各地的信徒和游客都会早早聚集到这里，等待圣河边古老祭祀仪式的开始。人们可以随意找个位置坐下，也可以花点钱坐在河边的小船上观看。

每晚的祭祀时间为一小时，在这个过程里，有一套完整的仪式，撒花、点火、焚香、燃着圣火的烛塔、冒着烟雾的铜壶，还有拂尘、摇铃等，婆罗门先后拿着各种法器，随着古老的音乐声，分别在四个方向进行仪式。这时候的祭坛上空全都是吟诵声，将现场所有的人萦绕其中。

在歌乐声中，祭坛烟雾四起。置身其中，我不由得脑海中萦绕着关于恒河的古印度神话。在神话中，恒河女神本无忧无虑地生活在父亲喜马拉雅山神和母亲须弥山女神的身边，但是因为她们曾经不敌阿修罗，被阿修罗赶出了天庭。后来天神们在毗湿奴的帮助下打败了阿修罗，重新夺回了天界。但是此时的天界因被阿修罗占领过而变得不洁。天帝因陀罗此时便求助于湿婆，湿婆说世界上只有恒河之水才有净化一切罪恶的力

---

〔1〕　译为"普伽"。
〔2〕　译为"达萨瓦梅朵河坛"。

量，因此便在天神的央求下去喜马拉雅山请恒河女神来到天庭。恒河女神奉命来到天界之后，天界才重新变得洁净。

与此同时，阿修罗又占领了人间，并破坏人间对天神的祭祀，使得天神们因为没有了供养而变得越来越脆弱。这时，湿婆又在人间赶走了阿修罗，并接引恒河女神也来到人间净化大地。但是由于恒河之水如果不加控制从天而降的话必然会给大地带来毁灭性的大洪水。因此，湿婆就站在婆罗多大地，用自己的发髻接住天空倾泻而下的恒河之水，使之平安地流淌在人间，千百年来净化着世间的罪恶和污垢。

在祭祀的圣歌中我仿佛看见恒河女神穿着纯白色的纱丽款款走来，年轻的婆罗门摇动手中的铜铃，吹响了吉祥的法螺，慈悲和仁爱弥漫在人间。

仪式结束后，教徒们顺着神坛边的台阶走到恒河边，把祭司发的花瓣撒进河里，双手合十祈祷一番，掬一捧恒河水洒在头上、身上或直接喝了。我买了一盏花灯，许愿之后默默地放到了河里，看着它飘向远方。花灯顺着恒河，或许流进她的某条支流里，也许能流到菩提伽耶和鹿野苑的方向。

仪式结束之后，我意犹未尽地回到酒店。洗了个澡，我和朋友们重新聚在露天吧台上聊天。夜幕下的恒河安静极了，和天空融为一体，时间在一刻也仿佛静止了……

第二天被闹铃吵醒，我们要赶在太阳升起之前参加恒河晨祭。

晨祭每天凌晨五点半开始，比之夜祭从器具到穿着都要简约许多，但是教徒却丝毫没有减少。

在印度，我能感受到随时在神圣与世俗之间拉扯，也能越来越懂得生活中仪式感的重要。

晨祭之后，我们租了小船，泛舟恒河。一大群海鸥围绕着我们，太阳神苏利耶从地平线上升起，照耀着他的子民和信徒。恒河两岸的生态好到出乎意料，站在岸边甚至能看清水下的植物。我买了一些爆米花喂食海鸥，越来越多的海鸥围着我们的小船，铺展着翅膀鸣叫、盘旋。

远远望去，岸边的烧尸台沐浴在阳光下。生与死，富贵与贫穷，儿童与老人，婆罗门与贱民，都被恒河包容着，享受着清晨苏利耶的第一缕阳光……

太阳出来后，气温马上升高了，我们准备乘船回去。这时已经有人间或在岸边开始了洒红节的打闹。我们穿着沙丽行动不便，只能提着裙子跑回酒店，以免遭到"伏击"。

关于洒红节的由来有几个传说。有一些地区的人们坚信洒红节是为了庆祝爱神伽摩和春神罗蒂的相爱；也有人说，爱神和春神其实是大神毗湿奴和他的妻子吉祥天女的转世化身。不管怎么说，这是一个属于春天和爱的节日。

在这一天，人们拥上街头，不分种姓，也不分阶级，将色彩铺满整个世界。我们穿上纯白色的棉布T恤，加入队伍里，加入这场一年一度的狂欢中来。不一会儿，瓦拉纳西的小巷子变成了"战场"，到处都有可能遭到"伏击"，当地人发挥着主场优势，我和朋友们只有紧紧围绕在一起才能冲破"重围"……

快到中午的时候，"战争"告一段落，大家都回家吃饭了。

今天的餐厅都已经关门停业，我们只能拖着筋疲力尽的身体返回酒店吃饭和休息。

下午，"激战"转移到了河边，我没有再下楼加入战斗，而是坐在露天酒吧享受恒河之滨喧闹而又静谧的午后时光。

恒河总是轻易让人陷入思考。

佛教圣地—菩提伽耶

第二天，我便乘长途汽车前往佛教圣地菩提伽耶。漫长的旅途让我从吠檀多、《奥义书》想到印度教和印度佛教错综复杂的关系。我仿佛跟着各位先哲一起走进了东方哲学神秘的涅槃世界。

这次我只在菩提伽耶停留了一天，因为第二天便要赶回瓦拉纳西乘坐去往阿格拉的火车。正觉寺和菩提树让千年的时光静止，刹那变成永恒。古印度伟大的王朝之一——孔雀王朝——几乎伴随着佛教的兴衰。千年前的玄奘就是站在这里，抚摸着阿育王石柱。如今我又来到正觉寺前，仿佛看到了阿育王和玄奘的身影重叠。这种强烈的今昔之感，令人久久难以忘怀。

返回瓦拉纳西的路上，我想到了很喜欢的一位旅印诗人扎西拉姆·多多讲过的一个小故事：

> 跟我很喜欢的一位比丘朋友聊天，他从南印度的南卓林佛学院毕业之后，独自在不同的圣地游方、闭关已经有二十多年了。因为实修厉害的缘故，他打卦也厉害。

但是跟他聊起打卦的事情，他却说关于婚姻和关于斗争、诉讼的问题，他是不会去算的。

问是因为这类问题算不准吗？他说不是，能算，但他不算。

我就很好奇了，这是为什么？这似乎都是大事件啊，对普通人来说很重要，所以才需要通过算卦来获得一个抉择的参考意见啊？

他的回答真的让我触动至深。

他说："因为这类事情上，人们认为的好坏，跟佛陀认为的福祸是相反的。

"一段好姻缘，会让人沉迷于轮回，忘记无常、忘记出离。如我跟你说的打卦结果是好的，很可能事实上，这段姻缘让你很痛苦但是却能导向解脱。卦象上的'好'，跟你认为的'好'是不是一样这个是不好说的。

"一场斗争，如果你赢了，对方就要输，但输赢不是绝对的好坏，在佛陀眼里众生是平等的。尤其是打仗，如果预测你会赢，你可能就会毫不犹豫发动战争，结果更多的人死伤，而生命是平等的，在生死面前没有正义、非正义之分。"

其实深入地去想一想，何止是婚姻与斗争啊，人世间的事，从究竟上来说，所谓的好坏、对错、福祸，大抵都跟佛陀眼里看到的是相反的吧……

我想，这就是佛陀之所以是佛陀的因明智慧罢。

香巴拉深处

　　色达是川藏线上的一座小城，行政直属四川省甘孜藏族自治州，至今未通火车更没有机场。所以，想抵达色达一般都是从成都包车自驾，或者乘坐长途大巴。我第一次去色达的时候选择的是长途大巴。由于川西地区地形复杂，山势陡峭且气候恶劣，即便是在适合出行的夏季也经常会因为泥石流而堵在半路上，而且一堵就是五六个小时甚至更久。盘山路蜿蜒曲折，大巴车的左边紧贴着直耸入云的高山，右边是悬崖下的万丈深渊，崖低湍急的河水流向看不见尽头的远方。

　　八月末的成都正是"秋老虎"肆虐的季节，一早起来就四十几度的高温，使我赶到长途汽车站的时候就已经汗流浃背。尽管随着大巴车开出市区进入山里，窗外的风景越来越壮美，但十几个小时的颠簸路途依然是非常难熬的。所以，第二次来色达的时候，我选择包车，先从成都抵达马尔康，停留休息一夜，第二天再继续赶往色达，这样就把漫长的路途分成了两段，身体上舒服了许多。

　　第二天乘坐的大巴车有些陈旧，但是还算干净。车上大约一半的藏民，还有一部分是在川西高原上做生意的小商贩，剩下几个就是像我这样的背包旅行者。大约中午的时候，我们已经进入阿坝州，大巴车在一个羌人寨子里停下来休息。从盆地到高原，海拔陡然升高，气温却骤降。中午的阳光有些刺眼，风却微凉，我从行李包中找出一件外套穿上。色达海拔四千米以上，长冬无夏，所以我的包中还带着羽绒服。

重新回到车上，不知何时空调已经关上了。山路越来越陡峭，也越来越颠簸，让我想到从拉萨到尼泊尔加德满都的夜行巴士，石子路上每一个砂砾都好像能振动汽车。车窗外日光西斜，转眼又夜幕降临。真正抵达色达县城汽车站已经是夜里十点多了。

红色佛国

色达是个安静的小城，八月末的游客不多，我打算多停留一些日子。第二天气温已经不到十度，空气阴冷，下着绵密的小雨。这在色达是常有的天气。经过一夜的休息，我今天需要去这次旅行的目的地之一——五明佛学院了。佛学院距离色达县城不远，需要包车或者拼车前往，路程大约二十分钟。我跟一对藏族情侣一起拼车。男孩个子不高，鼻梁高挺，眼窝深陷，是典型的康巴汉子；女孩子戴着夸张的牛仔卷边帽，皮肤白皙，眉清目秀，手腕上戴着一只精美的鸡血藤手镯。两个人不时亲密地用藏语窃窃私语，有时目光相遇，就跟我点头微笑。后来我们下车后又在佛学院山顶的坛城旁边偶遇了，他们清澈的眼神给我留下很深的印象。车子先是经过县城的标志性雕塑——骑着高头大马的格萨尔王，接着就经过了我昨天下车的长途汽车站，径直就开出了县城，一路上群山连绵，绿草茵茵。

陈旧的金杯车停在了佛学院的山脚下，所有人必须乘佛学院的摆渡公交车上山。一路蜿蜒，不一会连绵的红房子就映入眼帘。大多数人即便没有来过佛学院，也一定听闻过这里规模庞大的连绵山脉的红房子盛景。五明佛学院是中国最大的藏传寺院，最鼎盛时期在这里学习的扎巴和觉姆加起来有两万人之多，这些红房子就是他们的居所，临山而建，比邻佛学院，方便学习和修行。我第一次来佛学院是二〇一六年的夏末，在这个时候的佛学院还是一派繁荣，雨后天空放晴，一缕夕阳穿过云层照射着山谷中的红色屋顶，徒然而生一种忘却凡尘的神性。待我第二次再去佛学院访友，红房子已经在按规定整改和部分拆除。有人问佛学院里的索达吉堪布，为什么要拆掉红房子。索达吉说，没有人知道明天会发生什么。拆掉部分红房子肯定能改善这里僧人的居住环境，以控制规模，但是不能不说还是有一定的遗憾。

是的，没有人知道明天会发生什么，当时的我也没有想到会在经堂里偶然结识岸本觉姆，并机缘巧合之下促成了我第二次来色达。

穿过山谷里成片的红房子，我们就来到了佛学院前。佛学院依山而建，一座经堂连接一座经堂，宽阔而宏伟，熙熙攘攘。这里的男众和女众是分开的，不管是学习还是生活都互不打扰，井然有序。上山的路上，我与坐在旁边的一位僧人攀谈，原来这里很多藏族僧人都不会说汉语，而他是汉人，最早在河南出家，前些年来到佛学院学习。他就住在偏山脚下的红房子里，每天凌晨起来去山下打水，然后徒步上山做早课，如此年复一年。说话间他的脸上挂着平和的微笑，并指引我可以先去觉姆经堂参观。觉姆就是藏语里比丘尼的意思。我就是在那里认识了岸本。

告别僧人，我一路打听来到了觉姆经堂，原来今天晚上这里有一场索达吉堪布的讲座。我到得有点早，就先跟着几位年轻的觉姆从附近的红房子里往经堂拿热水瓶。这是我第一次走进红房子里面。房间狭小而简朴，没有任何装饰，简易的木质书桌上堆满了经书，傍晚室内的光线昏暗，而且烧着开水，雾气弥漫，我不能看清楚里面的全貌，所以拿了灌满水的热水瓶我便跟随大家返回了。当我再次回到经堂的时候，已经密密匝匝坐满了人。我把鞋子摆放在后门两侧的方格置物架上，然后找了一个靠后的位置坐下，地板十分冰冷。我观察着四周，经堂内部十分宽敞明亮，中间被几个方形的柱子分隔开，柱子和屋顶装饰着姜黄色和绛红色相间的帷幔，每个柱子上都挂着电视。经堂的中央是一个凸起的讲台，上面摆放着竖立的话筒，讲台前方是直播设备。我知道现在索达吉在跟腾讯课堂合作，每周有两次主题演讲。

四周的觉姆们都穿着绛红色的僧衣，间或有几个像我这样的游客穿着羽绒服或者棉衣。另外还有一些穿着青黛色僧衣的

比丘尼，应该是从汉族地区过来学习的僧团。我盘腿坐在地上，时间长了腿有点麻木。这时，方才就一直坐在我旁边的觉姆主动把她的蒲团借给我。

"这里晚上很冷的，今天还下了雨。你穿得这么少，不能直接坐在地上。"觉姆说话发音清晰，没有藏族和川渝的口音，音色轻柔缓慢，有一种让人舒适的磁性。她面容年轻，双颊饱满，新月形的双眼皮独有一种东方韵味，干净但是并不簇新的深红色僧衣上露出洁白的衣领，映衬着她健康的肤色。

她就是岸本，我的第一位觉姆朋友。

后来索达吉在大家的掌声中走上了讲台，开始继续讲佛法。四下安静。慈悲和智慧在这座安静的山坳中蔓延，传播到了全球各地。

但是这天让我感到震撼的却不是盛况空前的演讲，而是岸本的经历，她让我想到了人生的另一种可能。原来她与我同龄，并且出生在同一座北方小城。她自幼家中父母笃信佛教，耳濡目染，遂在成年之后征得父母同意来到色达出家，至今已经四五年了。她每天的功课非常繁忙，而且还要充任学术会议的翻译，同时还要参加各种比赛，生活十分充实与安宁。

岸本还十分喜欢写诗，我回到北京之后翻译了几首她写的英文诗，别有一番禅意和朴素的诗意。我们断断续续地交往，一直到现在。我在生日的时候收到她送给我辩经比赛获胜的奖品，珍藏至今。我去印度和尼泊尔旅行的时候也会寄明信片给她。后来我还同一位我们的共同好友一起赴色达看望她。

正所谓此有故彼有，此灭故必灭，世间的一切相逢和境遇都是因缘和合的变化。

我想，也正是通过岸本，让我更加了解色达。

色达县城很小，中心是一个广场，矗立着一座巨大的格萨尔王雕像。这里的格萨尔王就像史诗中描述的那样骑着雄健的赛马，目视着前方，威震着高原。每当夜幕降临，藏民会聚集在广场围着格萨尔王跳舞，人群围成一个大圈，边唱边跳，游客和当地人融合在夜色中，分不出彼此。每天我都在广场见到两个香港来的女孩，她们总是跟着藏民一起跳舞跳到最后才离开。慢慢与她们熟悉起来，我们就一起相约着去天葬台和神山。

我们去天葬台的这天难得的晴朗，高原的太阳刺得我睁不开眼睛。空气干燥而寒冷，山顶上的风也很大。我忍不住把衣领拉紧了一些。不远处的山坳中是一片辽阔的草原，一间茅草房孤零零地矗立着。房子前方就是水泥砌成的天葬台，现在已经用栅栏围了起来，不让参观者近距离观察。我们只能远远地望过去。

来到这里参观的游客，不管是出于对神秘仪式的好奇，还是对佛教生命观的尊重，都能在这一刻近距离地感受生与死的自然变化。在这里，人类与大自然中任何的生灵没有什么不同，从阳光雨露中赋予生命，最后再回归自然。

天葬台附近的草原上生活着另一种可爱的生灵——土拨鼠。待游客散去，日光西斜，或者是太阳刚出来的清晨，就是土拨鼠出来觅食的时候。东亚大地几千年的农耕文明使我们坚信春去秋来，时间往复循环的道理。植物动物和我们一样，冬天死去，便会在春天复活。

我跟两个香港女孩在山脚下的小卖部买了一些零食和水。小卖部老板是一个皮肤黝黑、会讲一点汉语的藏族青年，他说可以带我们上山找土拨鼠，但是要在太阳下山前回来，因为他每天傍晚要带弟弟妹妹一起拜山神。这里没有人会伤害土拨鼠，所以土拨鼠也不怕人，它们不时从洞口探出小脑袋观察我们。小卖部老板走到一个洞口，说这只小土拨鼠是今年春天才出生的，很爱吃零食。然后他把雪饼掰成小块放在手心上，小土拨鼠从洞口伸出来一个小小的头，然后整个圆滚滚的身体都爬出了土洞，小心翼翼地吃着雪饼碎片。等它吃罢雪饼，我又用矿泉水瓶子喂它喝水。期间，我抚摸它厚实的皮毛它也不躲闪。喂食的情景被那两个女孩用 DV 记录了下来，带回香港剪辑成了短片发给了我。回到北京之后，我还不时翻看这些视频和照片。人类不过是世间生灵的一种，我想这才是我们理应与自然相处的方式吧。

太阳快落山了，小卖部老板告别我们独自回家了。土拨鼠们也不再探头出来张望。我们跟随一群牦牛向山上走去。这群牦牛大概有十几头，一边吃草一边缓慢爬山，不知道它们的主人在哪里。落日余晖为神山披上金色的霞光，站在半山腰可以望见远处不见尽头的国道以及连绵不断的群山。这时，我看见山脚下小卖部的老板从房间拿出来几块毯子铺在院子里，铺好后带着一大一小两个小孩面朝神山跪拜。夕阳把他们融进金色的大地，他们的面容在我的脑海中和冈仁波齐的转山者重合。

夕阳是短暂的，金色渐渐褪色。我们来到山下，在路旁拦下一辆金杯车，想要拼车回县城。副驾驶坐着一位藏族僧人。僧人瘦瘦高高，爱笑，健谈，一路跟司机聊得甚欢。他用 iPhone 手机给司机导航，还不时回过头跟我们也聊两句。原来他是从佛学院放假回父母家，他的父母就住在县城外的村子里。这时窗外下起了小雨，他还关切地问我们有没有带伞。车子跟着导航离开了大路，向村子开去，没有了路灯，四下漆黑，僧人跟我们说对不起，他父母家住得有点偏，但是不用怕，这里离县城很近。金杯车跟着导航左拐右拐，不一会儿就停在了一所茅草屋前面。僧人微笑着跟我们道别，然后从车上扛起行李离开了。

司机沉默寡言，僧人下车后一下子安静了下来。但是不一会我们就从村子里开了出来，回到了公路上，继续向前。正如僧人所说，不到五分钟我们就回到了县城。下车的时候，雨已经停了。

相遇即重逢

色达经常下雨，这里的雨与热带截然不同。高原的雨也是硬朗的，来得快，去得快。虽然落在身上冰冰凉凉，却也不急不缓，绵绵密密。后来又是一个雨季，我在泰国认识了画家梅格。热带的雨黏黏腻腻，我穿着人字拖蹚过积水的旧城区，和梅格同撑一柄伞在清迈逛夜市。雨水把街边的路灯氤氲成了梦幻的世界。我们揣着菠萝蜜和榴莲，从威尼斯画派聊到常玉。梅格留学法国和美国，留学期间接触了天主教、印度教和摩门教，自诩是一个无宗教信仰的有神论者。不知不觉我们从油画的宗教主题聊到了佛教，聊到了色达。

不知道从什么时候开始，我突然发现，缘起真的是世间最为奇妙的事。后来我和梅格在旅馆门口分手，我躺在床上翻看手机，给岸本发在朋友圈的一首诗点了个赞。突然，电话响了起来。是梅格。电话接通后，梅格惊讶地跟我说："原来你也认识岸本！"

回国的路上，我们互相讲述了如何在色达认识岸本的经历，不由得感叹因缘际遇的奇妙。

又是一个夏天，我和梅格相约一起再赴色达，我们从北京的酷暑中逃离，飞往成都，然后包车前往。一如既往，色达用小雨迎接我们的归来。

有时，我们在佛学院旁听之后，会一起去山上的坛城转经筒，看漫山的红房子沐浴在落日余晖下。有时，我们也会拉着岸本冒着小雨去县城吃素食火锅。更多的时候，我们则是一起坐在岸本的红房子里，生火，看书，聊聊宗教和艺术。岸本还收养了一只玳瑁色的奶猫，经常安静地趴在她的腿上睡觉。

后来我准备回京，梅格决定留下来画画。

我走那天，岸本要考试，梅格一个人去车站送我。清晨下着小雨，她戴着咖啡色的毛线帽，撑着旧伞，雨中看不清她棱角分明的脸。上车之前她说："我从一个无宗教信仰的有神主义者变为了有宗教信仰的无神主义者。"

能认识到自己的内心，真是一件值得庆贺的事情。

"平生少年时。轻薄好弦歌。"我一路上走走停停，终于踏上了归途。皮卡启动了，车窗外的梅格渐行渐远。跟我一起拼车回成都的是一对从拉萨走川藏线而来的情侣，他们满面的风霜写满了故事，在他们眼中我肯定也是这样。时间不会一直奔流向前，它会在这里形成一种形而上的循环，让我们相信相遇即是重逢。

回到北京后，某个冬日的早晨，我收到了梅格寄来的古本唐卡拓片。我将它连同岸本的檀香一同收藏，收藏的是一段时光。

科幻世界中的 EVE

　　科幻影视作品让我们着迷，不仅仅是因为酷炫的未来科技感、脑洞大开的绝佳想象力，更重要的是那些对于人类终极哲学母题的追问和探寻。比如，我们是谁（人类的起源问题）；我们从哪儿来（时间是直线型还是环形的）；我们的未来什么样（时间的尽头在哪里）。

　　而科幻作品某种程度上都给出了一个较为自洽的回答，引发我们无尽的思考。我最近发现了一个很有意思的巧合，那就是很多作品中不约而同地出现以"EVE"命名的主人公或者标志性意向。"EVE"在汉语中被翻译成"夏娃"或者"伊娃"，是用亚当的肋骨创造出来的第一位女性。关于亚当夏娃的故事大家都很熟悉了，不外乎是基督教对于人类起源的一种阐释，也常常被运用在电影中，使得人物多了一层宗教哲学层面上的隐喻。

　　但是在科幻世界中，则不单单局限于此。下面我就来盘点几部著名科幻影视作品中的"EVE"形象。

封神之作:《新世纪福音战士》

这是一部日本出品的科幻动画神作,披着机甲的外衣,内核却是回应人类哲学的终极问题。借助犹太民间传说中亚当、莉莉丝[1]和夏娃的故事,融合哲学、宗教和心理学展示了一个波澜壮阔而又复杂庞大的科幻史诗。

《新世纪福音战士》又名 *EVA*,这个 EVA 就是德语 EVE 的拼写方式,而且动画中的 EVA 机体正是复制了亚当或者莉莉丝的"生命起源",因此也自然而然与《圣经》中的那个夏娃不谋而合。其实整部动漫中对故事背景交代得不多,是在剧情的推动下抽丝剥茧才能还原原貌的。

我们姑且可以把故事的背景看做成神话,解释了人类是吃了智慧之果的莉莉丝的孩子,虽然寿命短暂生命脆弱,但是依然凭借智慧在若干年后繁衍生息遍布全球。而吃了生命之果的亚当,他的孩子就是拥有超强生命力的使徒。死海文书[2]中也揭示了人类和使徒的关系,同时暗示了人类和使徒之间的结局。这回应了犹太教和基督宗教中人类的原罪,即亚当和夏娃在伊甸园偷食了智慧树的果实。

在这部神作的设定中,似乎把"生命"和"智慧"分开看待了,也可以说是"肉体"和"精神"。使徒选择了生命,而人类选择了智慧,因为某种程度上人类选择放弃肉体生命从而

---

〔1〕 莉莉丝为犹太民间传说中《旧约》里的人类先祖亚当的第一任妻,其名字在武加大译本的拉丁文《圣经》中称为拉弥亚。

〔2〕 *Dead Sea Scrolls*,又称死海古卷,最古老的希伯来文圣经抄本(旧约)。

进化到精神世界中来。

EVA 既是"人类补完计划",又可以说是给精神一种补充的可能。

这部神作诞生于一九九五年,正是美国新时代运动(New Age Movement)蓬勃发展并从西方影响到东方的年代。从此开始日本科幻作品、动漫作品大量吸收基督宗教、禅宗、印度教哲学体系,大量优秀的作品接踵而至,如讲述圣杯战争的 *Fate*,借用印度教、佛教概念和原型的《犬夜叉》和《火影忍者》等。

在西方,讨论肉体与意识、科技与自然是科幻电影永恒的主题。接下来我们聊聊科幻电影史上的里程碑——《阿凡达》。

文明的复魅:《阿凡达》

《阿凡达》是卡梅隆精心打造的科幻史诗,其视觉效果直到今天依然可圈可点。《阿凡达》的故事不复杂,大家也都很熟悉了,今天我们来说说伊娃。在《阿凡达》中,伊娃是纳威人的圣母,是潘多拉星球上的神树。这个设定很容易让人联想到地母盖亚。当有人死亡的时候,纳威人会让他睡在伊娃的脚下,使生命的终止回到生命的起源。某种程度上,伊娃也代表着大自然的平衡和规律。

但又不仅仅是这样。

有些人观影后会发问,潘多拉星球上纳威人的文明程度到底是比地球人高还是低呢?说比地球高吧,但是一切又显得很原始,树叶遮体、驾驭野兽。说比地球低,显然也不全是这样，因为纳威人拥有比地球人更高阶的灵性，这种灵性使得他们在与自然平衡协调之下发展出一种与万物沟通的精神力。

当人类走出宗教神学的桎梏掌握了现代科技时，往往会走向自然规律的反面。大自然无法被全然改造，人类却会因科技的发展变得自大无知。在大自然一次次的反抗与报复下，一部分人类开始意识到问题的所在。于是从祛魅走向复魅。一层是科技与自然的辩证，如《阿凡达》中，对伊娃力量的诠释不正是电影对现代科技弊端的重新审视吗？而更深一层就是人类肉体和意识的分离。《阿凡达》中浅尝辄止，而同期上映的《黑客帝国》三部曲、《超体》等则是详细阐述了人类肉体和意识分离后的另一种可能。

回到"伊娃"上来。潘多拉星球上的伊娃是地母，是生命的轮回，是大自然微妙的平衡，也是人们心中不可磨灭的神性。那么在其他科幻电影中呢？接下来聊聊两部女主角都叫伊娃的影片。

古希腊悲剧中的伊甸园：《机械姬》

《机械姬》英文名是 *Ex Machina*，来自拉丁语 Deus Ex-Machina，意思就是机械里出来的神。这个神常常用在古希腊悲剧中，当剧情无法用常规逻辑推进时，导演就会用运用机械升降机等将"神"的扮演者运送至舞台上，去把问题解决掉。

这部现代科幻电影中没有神，只有一个跟夏娃同名的高级人工智能机器人。创造机器人的是人，当人成为"神"，伊甸园还会存在吗？影片就是在这种虚幻又真实的场景中展开的。当观众随着男主人公在密林深处跋涉时，我们才知道，在这个世界上只有三个人，老板、机器人伊娃还有他自己。复杂的世界被抽象成了一个现代的"伊甸园"。男主人公跋山涉水才能来到这个密林深处的神秘别墅。而老板就像"神"一样看着亚当和夏娃在伊甸园里游戏。

老板先是让男主测试伊娃，但很快男主发现伊娃早已超越机器人三定律，并且顺利通过了图灵测试。当男主发觉自己眼前的机器人跟美丽的人类女孩无异，并心生好感时，聪明的伊娃则敏锐地抓住这唯一的机会，利用男主杀死了她的制造者——老板，然后成功地逃出了"伊甸园"。这像不像偷食了禁果的夏娃呢？

影片的最后，老板也告诉了男主，这个人工智能机器人的外貌就是根据他的喜爱和偏好量身定制的，男主就是个被老板和伊娃双重利用的炮灰。这是一个残酷的"伊甸园"，也是一个高级人工智能作出的理性判断。

电影叙事本身比较简单，但是却在一些细节上让人一身冷汗。比如在经典科幻电影《2001太空漫游》中，超级机器人HAL9000掌管着宇宙飞船上的一切，甚至在无人操作的情况下可以独自执行飞行任务，甚至能偶尔说出一些有人情味的话，已经是一个比较高级的人工智能机器人了。是HAL的设定中是无法说谎的，因此当它接收到两条相互矛盾的指令后就出问题了。HAL虽然杀死了船员和沉睡的科学家，却不是出自自由意志，而只是执行两条相悖命令后出现的逻辑混乱。但是显然到了伊娃这里，情况就不一样了。老板在秘密监控中看着伊娃如何穿上漂亮的小裙子企图引起男主的怜悯和爱意。因为伊娃像一个心思缜密的人一样步步为营，利用男主最终达到了自己的目的。如果人工智能拥有了自由意志，它们又会如何对待作为人类的创造者呢？像《奥维尔号》中的凯隆星球一样把人类赶尽杀绝吗？还是像《银翼杀手》中一样奋力抗争再孤独地死去？

显然，《机械姬》给出了一个悲观的答案。但如果给高级人工智能机器人赋予人性的美好，则变成了不那么"科幻"的乌托邦寓言。

爱的乌托邦：《机器人总动员》

这部上映于二〇〇八年的美国动画电影常年稳居豆瓣科幻电影榜单前十，可见人们对它的热爱。与其说这是科幻电影，不如说更像是一首披着科幻外衣歌颂美好人性的乌托邦寓言。

在未来的某一天，地球环境恶化，已经无法适应人类生存，人类离开了地球，只留下了一些构造简单的机器人用来收拾垃圾。时间不知过了多久，就只剩下一个叫瓦力的机器人了，荒芜的地球，孤独的瓦力，直到从外太空来了一个叫伊娃的机器人。

伊娃又出现了。

当人类离开了地球，地球恢复了宁静，又重新变为伊甸园。在两个小小的机器人中却演化出最美好的人性，甚至不需要语言的沟通，爱就这样存在着。

电影上映已经十几年了，但是瓦力和伊娃依然是电影史中最浪漫的 CP 之一。他们唯一说过的话就是呼唤彼此的名字，瓦力只想把一切最好的东西都给伊娃。两个不需要呼吸的机器人在太空中的那段舞蹈也浪漫到了骨子里，星辰大海，孤独的星球，拥有彼此就足够了。

可见，浪漫主义才是人类生生不息的源泉。

虽然"EVE"在这几部电影中的人物形象不尽相同，甚至有些也并不是某个具体的人物，但却十分契合科幻影片的世界观。神族外星人在地球播撒生命的种子、能够与亚当的使徒相抗衡的机甲以及荒凉世界中的第一个女性人工智能机器人，都如此依赖和默契地选择了"EVE"这个名字。EVE 与原初的女性生命息息相关，是一个原型象征，也是科幻世界殊途同归的"集体无意识"，拥有电影叙事中的诗意和美感。

"我们是谁？"如果说人类是亚当和夏娃的子嗣，那么当人类创造了人工智能机器人，又会赋予它什么名字，和怎样的设定呢？

城市季风之台北

三十年来，我在很多城市生活过，最喜欢的还是台北。我在台北住了半年多，经历了她的秋天、冬天和春天。

有一段时间，我经常从桃源县往返台北市区。夜行巴士载着我从霓虹闪烁的捷运站穿过无边无际的森林，回到安静的桃园县车站。冬天的台北几乎每天都在下雨，紧邻车站的大排档依然总是坐满了人，市井生活中的烟火气息一点也不曾减少。就连流浪狗也是不急不缓地在一边悠闲地觅食。我时常在街边吃上一碗牛肉面，再买一些释迦和杨桃带回去。我到家后洗干净水果，坐在榻榻米上打开电视，一边看看新闻一边剥着释迦，扫一眼墙上的自鸣钟，常常也不过晚上七八点。

有时，我也会先把在忠孝东路或者西门町淘到的小玩意儿翻看一遍，时间久了似乎一切都习以为常。

刚来到台北的时候，这里不是朱天文笔下"世纪末的华丽"，繁华喧闹的 101 购物中心也和上海没什么两样。但是，台北给人的舒适感和亲和感却是无形之中的。生活一段时间之后就会发现，台北有着上海和日本东京的繁华与高品质服务，也有苏南小城的精致和韵味，更有大多数都市早已消失的烟火人情和人文环境。

如果让我说出台北这座城市像什么,我一定说她就像一座旧书店。不仅仅因为深受两岸青年喜欢的诚品书店早已经变成了城市地标,更是因为随处可见的涂鸦和手绘路牌,使得复古的杂物铺和最时尚的街头文化和谐地融汇在大街小巷中。多元文化都被很好地包容在这座城市中,也都能找到自己的位置。

台北的旧是光阴的痕迹,是从乡村到城市变迁中的一首民谣,抚慰异乡人的心,化作时间的河流淌进生活在这里的人们的眼底。台北宽宽窄窄的城市街道总是让我想到吴念真的《恋恋风尘》。侯孝贤将它拍成了同名电影,俨然成为现在年轻人眼中台湾的岩井俊二。然而《恋恋风尘》却不是《情书》,在它镜头下的台北还是二十世纪七十年代的风情,对于时间和情感的刻画已然超越那段唯美而无终的少年之恋。在这部电影中,既没有时代政治干涉下的悲欢离合,也没有现代都市中迷茫而没有方向的喧扰。《恋恋风尘》中侯孝贤为我们收藏的,是波澜起伏的历史时期已然过去,而青山绿水、传统人伦完全物化的后工业时代还未到来的中间这一段最好的时光,亦是一段足以让今天的我们站在熙熙攘攘的自由广场翘首以望的纯净时光。

吴念真和朱天文作为编剧在该片的剧本结尾这样写道:"祖父依然在屋后的田畦上种番薯,有如自古以来就一直在那里种。阿远洗完脸出来,走到祖父身边,感觉喜悦,话着家常,无非是收成好不好之类的事。祖孙无话时,望着矿山上的风云变化，一阵子淡，一阵子浓，风吹来，又稀散无踪影。"接着加以归结性地写道："是的，人世风尘虽恶，毕竟无法绝尘而去。因为最爱的，最忧烦的，最苦的，都在这里了。"剧本的文字如此，电影却用画面和声音书写了全片最大最远的一个固定机位空镜头：从画面来看，平视的构图中，底部是整个山村的全景、绿树葱茏的山坡上环绕的屋舍，中部是远处望不到尽头的海湾，上部是天光云影的浮动；用耳朵来听，鸟鸣啁啾，汽笛长啸；于是一切时空、一切生活都在镜头中了……我初次看到这个镜头是极为震撼的，尽管有人说，没有在乡村生活过的人无法理解这种乡土感情，但是我依然能从侯孝贤的镜头下看到他对过往生活的收藏，他把这种原乡情感的回望融入镜头中，内敛而意味深长。

　　台北依旧是台北，一场雨下一个冬天，从城市冲刷到乡村，从过去蔓延到未来。如果说侯孝贤的镜头下极尽凸显的是台北的乡土情感，那么白先勇的小说世界呈现的则是那些既古典又现代的台北人。因为白先勇曾说过："《台北人》对我比较重要一点。我觉得再不快写，那些人物，那些故事，那些已经慢慢消逝的中国人的生活方式，马上就要成为过去，一去不复返了。"在这部集子中，白先勇的笔写出了台北各阶层人士的众生相，他们在异乡无奈、挣扎和妥协。白先勇的"官二代"身份无疑给了他一个绝佳的机会去观察撤退前后那些最富于戏剧性变化的人和事。他的叙述从容、准确而又味道十足。从上海百乐门的风月场到阔太太们的客厅，那个时代的你来我往、言谈举止、衣着打扮、陈设器物无一不入木三分如在目前。白先勇毫不回避与这些当代作家常常会投机取巧一带而过的难点进行正面交锋，《红楼梦》的传统仿佛在这些小说中又复活过来，而另一方面偶尔又会令人联想到维多利亚时代那些关于绅士和淑女的故事。

白先勇像其他台湾作家一样，作品里有一种令人企及不得的美。像是四面八方的海风，猛烈或者温柔，缓急有度；像歌声里唱到的台北冬季的雨，清冷惆怅，浑然不觉皓首白发，又天上人间。白先勇写下的故事，道尽了台北一座城的满腹心事。

如今的台北早已游人如织，旧时光匆匆留下了痕迹。年轻人循着淡水老街西班牙人留下的建筑找到周杰伦曾经就读的淡江中学，顺着周杰伦专辑中出现的咖啡厅和花园来到渔人码头，素人歌手抱着木吉他在海边唱着《告白气球》。几米的公交车停在商业街的一头，延伸着"地下铁"中"向左走向右走"的故事。近百年的历史沧桑已经在年轻人的生活中找不到痕迹，但是却融入了人们的烟火生活中。

人和岁月，就是生活。

一个周末，朋友邀请我去鹿港老家赴宴，我们一道从台北开车过去，车上放着罗大佑的歌——

台北不是我的家
我的家乡没有霓虹灯

鹿港的街道、鹿港的渔村

妈祖庙里烧香的人们……

台北就像一座石头森林，CBD 商业中心毗邻着香火旺盛的妈祖庙，飞快的变迁仿佛都在刹那之间诉说着往事，忍不住想让时光慢点走。

正如李安在《饮食男女》里所呈现的那样，城市化和乡土情感交织在人们心里，变成浓得化不开的乡愁和难以名状的情愫，笼罩着小岛。似乎一餐一饭都弥漫着古典的东方韵味。

家宴上，阿婆说："哪里有什么台湾菜，这个三杯鸡是江西菜，那边牡蛎煎蛋是潮汕菜，其余的是福建菜。"朱利安在他所著的《餐桌上的哲学思考》中提到过这样一个观点：饮食文化有着深厚的体质人类学内涵，从古至今餐桌哲学就是一种微型的权力置换。换句话说，在是否是"自己人"的这个问题上，没有比一顿家乡风味的饮食更能直接回答了。满桌的料理和食材，丰富着味蕾，咽下的不过是乡愁。

城市季风之香港

香港是我每年都要去几次的城市，有时候是出差访友，有时候是去追逐一些时髦的艺术展和文化沙龙，但更多的时候则是为了体会我喜欢的港式风情。

当我漫步在香港街头，就能感受到浓厚的"港味"：路边密密麻麻的灯牌，密集的楼群，行色匆匆的人群，闪烁的红绿灯……这些元素组合在一起，让你真真切切地感受到："哦，这就是香港。"

每年三月的香港，都是文化艺术爱好者的伊甸园，这里接连呈献着顶级的艺术盛宴和丰富多彩的沙龙活动。香港巴塞尔，迄今依然是亚太地区最被人推崇的国际艺术交流平台，在全球范围内都具有不可替代的影响力。

香港以包容和国际化迎接着新世纪的巨变，但是大多数文艺爱好者依然选择把记忆留给摇曳多姿的二十世纪九十年代。

港片中的港式情怀

二十世纪九十年代，王家卫给我们带来了《重庆森林》《阿飞正传》《春光乍泄》……他用镜头为我们展现了一种属于香港的解构方式。这种解构充斥着经济快速发展和个人异化方面的矛盾。时至今日，我依然喜欢走在香港的街头，寻找港片中的风情。

几年前的秋天，我因参加双年展而在香港滞留几天，其间得知好友阿彭正在重庆大厦附近拍戏，打算去探班。阿彭是北京一家影视公司的制片人，刚好这天需要补拍几个分镜头。当我走在弥敦道上时，在没有任何预兆的情况下，一场暴雨骤然而至，眼前的世界变得奇幻而朦胧。没带雨具的我，不得不躲进一个公车站旁的电话亭，这时阿彭的电话打了过来："今天又拍不成了，我们和机器一起被淋成了落汤鸡。你一会儿到了，直接到重庆大厦里的茶餐厅找我们吧……"

我站在电话亭里，眼睛扫视着大街。近处排队等车的人已经四散开来，街上行人依然穿梭不息，暴雨冲刷着街对面大楼上挂着的巨大广告牌，那广告牌下面是大楼的名字，四个字——重庆大厦。重庆大厦门口站着很多印度人，黑黝黝的皮肤像是能反射霓虹灯光，有头顶裹着头巾的锡克教教徒，也有穿着纱丽拿着行李的年轻女孩。我打完电话，冒雨穿过街道，走进了这栋大厦。大厦里有越发多的印度人，电梯门口上方有台监视器，显示着电梯里面的情况。我排着队跟大家一起乘电梯上去。

也许是受了王家卫的影响，越来越多的年轻人喜欢来重庆大厦打卡，看看拍摄《重庆森林》的地方；当然，大多数人失望而归。这里的异域风情和混乱，似乎与尖沙咀和浅水湾一带的现代文明很遥远，但是我想这才是香港的魅力所在。不同肤

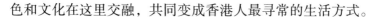

色和文化在这里交融，共同变成香港人最寻常的生活方式。

虽然在多数人的刻板印象里，香港是座光怪陆离的拥挤都市。它喧闹、逼仄，它是密不透风的混凝土森林，但这钢铁森林也因它的多元文化而颇具温度。这座城市是如此的风情万种，值得我们去探寻。

繁华背后：一个口岸连接两岸

大学毕业的前夜，我和上海女孩小鹿坐在黄浦江边上看外滩风景。梅雨季节的外滩游人不多，我们时而看着三三两两的游人急匆匆地走向出租车，时而看着对岸在夜空里长明的东方明珠。第二天我们就要毕业了，这些年来我和小鹿无数次坐在黄浦江边聊天，这一天也许是最后一次与她一起这样了。毕业后，我来到北京工作，小鹿申请上了港大的研究生。

毕业后的第二年冬天，我去香港看望小鹿，她带我坐在维多利亚港旁边喝咖啡。冬天的香港依然温暖，下着小雨，两岸万家灯火，霓虹闪烁。小鹿很喜欢维多利亚港，她说这让她想起家乡上海的黄浦江。她比大学时代开朗了许多，滔滔不绝地跟我讲述新学校的新生活，还学着香港导游的粤语普通话说着"欢迎来到香港"。

这一点让我们感触颇深。学生时代因为囊中羞涩，基本上每次都是从深圳过港。从早到晚，一年四季的深圳罗湖口岸都是人声鼎沸、熙熙攘攘。一座小小的口岸，一段短短的路程，连接了两岸，是二十世纪九十年代城乡发展变迁的历史，也是一代人背井离乡的见证。上海陆家嘴的繁华鼎盛早已超越香港。我已经很多年没有从罗湖口岸入港，飞行越来越便捷，机票也越来越便宜。正像那时小鹿说的，越来越多的香港人喜欢来内地旅游。

国际化的香港走过最鼎盛的二十世纪八九十年代，不再有日新月异的高楼大厦，中环也揭开神秘的面纱。但是高速增长之下回归正常才是客观规律，正如建构一个现代化的消费社会主体，最终也会归于历史的海洋。

现代香港融合在中环老城区的中西文化中，独有的街角文化仿佛是浓缩了香港的一扇窗，而旧城中环就像诉说着历史的故事，一路的游走，就像走进了百年前香港开埠初期的景象。

中环之于香港就如陆家嘴之于上海，是香港的政治和经济中心，也是最重要的交通枢纽，地铁、巴士、叮叮车还有轮渡都在此交会，所以，我在香港停留的每一天，都会经过中环，无论是白天的车水马龙，还是夜间的光影绚烂，都印证着这座城市的繁华昌盛。夜间的中环霓虹溢彩，从 IFC（国际金融中心）和置地广场出来转去街边的莎莎有种穿越的感觉，这也是中环有别于陆家嘴的地方，新旧交替，包容俱进。中环绚烂的灯饰，如白昼般衬托出它的繁荣。

庙街、叮叮车、兰桂坊挤满了行色匆匆的旅人，拥挤又随和。在街边偶尔吃碗云吞也许就会偶遇周润发，但是年轻人的工作节奏和压力又是像日本一样大。

这就是香港，无法脱离时代，又无法从属于个人。

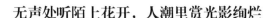

无声处听陌上花开，人潮里赏光影绚烂

　　每一个喜欢香港的人都不得不承认，香港是多面的。当你厌倦了都市的浮华，还可以来香港的众多离岛小憩一下。香港的离岛有两百座之多，既有"发哥"的故乡南丫岛、麦兜抢包山的原型长洲岛，还有经典的《喜剧之王》取景地石澳后滩，等等。这些都是香港这个繁华都市的秘密后花园。香港远不只是购物圣地，星罗棋布的岛屿远离了城市的喧嚣，保留了原汁原味的渔民生活，也让我们能浮生偷得半日闲，在静谧中体会别样的香港。

　　长洲岛，因状似哑铃而别称哑铃岛，位于大屿山东南方，属于连岛沙洲，北望喜灵洲，西南方有石鼓洲，距离香港岛西南方约十公里。长洲行政上被划入香港十八区中的离岛区，岛上人口约三万，是离岛区中人烟最稠密的岛屿。

　　中环码头上有各种前往长洲岛的轮渡，不管是慢船还是快船，都可以刷八达通直接搭乘。慢船悠游自在，快船风驰电掣，任君选择。因为无须赶时间，我坐的就是慢船。一路上穿过维多利亚港，经过硫黄海峡、西博寮海峡，欣赏海上景色，也是一段非常惬意的航程。

　　没多久，隐约间我就看到了长洲岛。只见码头上挨挨挤挤一大片停泊着彩色小船，间或几艘拖着长长的白色浪花。驶过来的客轮码头上的渔民穿着蓑衣在渔船上挑拣收获，白色的鸥鹭则静待在旁，只为获得一些免费的馈赠。

　　走下船来，悠闲地在岛上散步，就会看见岛上的建筑墙面五彩缤纷且粉黛温润，格外清新。深秋的长洲岛很像冬季的渔人码头，风浪很大，总是下着小雨。岛上的生态也是极好，各种不知名的小鸟在天空中盘旋。山间小径几乎寻觅不到游客的踪影，没有喧闹，眼前的景色也愈发夺目了。我站在山顶鸟瞰长洲，只觉得"宁静以致远"，希望这个质朴的渔村小岛能永远保留它的风貌，不被岛外的喧嚣过度打扰。下山的路途中也没有其他游人，野花摇曳，正是"陌上花开，可缓缓归矣"。

香港的海岛适合一个人慢慢地探索。有人这样形容长洲岛：远离闹市，却不乏人烟。真是再贴切不过了。

在我去过的众多海岛中，长洲岛并不是风景最美的，也不是气候最舒适的，然而就是漫步在这样一座非常平实的小岛上，看看这些年代久远的房屋、小小的店铺和各种小吃及纪念品店，便让人慢慢怀念起过去的岁月。我想这就是长洲岛最大的成功。它并没有被开发成如香港一般的繁华喧嚣，而是保留着过去小岛的原貌，保留着淡淡的港式风情。

华灯初上，岛上的人流逐渐减少，游客们陆续踏上回程的船只。岛上的居民们也收拾好白天的忙碌，进入到日落而息的调整中。

汽笛长鸣，我乘坐的船只开始朝中环驶去，长洲的身影也潜入夜幕，在渐行渐远的距离中变得模糊起来。

船舱中的人们经历了一天的短暂旅行，困乏、疲惫阵阵袭来，在沙沙的海水声中，随着船身的摆动，他们渐渐在倦意中进入了梦乡……

吹灭读书灯，一身都是月

修辞学大师博尔赫斯曾经这样评价奥斯卡·王尔德："千年文学产生了远比王尔德复杂或更有想象力的作家，但没有一个人比他更有魅力。他在一九〇〇年逝世于巴黎阿尔萨饭店，时至今日他的作品仍然年轻，就像写于今天上午……"

惊鸿一瞥太短暂，而王尔德的光辉却将像墓上的吻痕，虽历经风雨慢慢淡化，却总不能阻止世人对他的爱如此前赴后继，沉沉不变，历久弥新。

拥有魅力是一种气质。相比较而言，理性和清醒无疑是必要的，却也是无趣的。因此古印度先贤开始了苏摩祭[1]，梁遇春撰写了《春醪集》。酒神精神和日神精神共同构成了个体生活的内驱力。就像七月与安生。

电影《七月与安生》中层层揭开女孩间情感的纠葛，但是在这个故事的最后脱缰野马和循规蹈矩也终于在命运里重叠。所以我们每个人都是七月，也都是安生。

这种成长有时也被称为规训，但是无论我们走了哪一条

---

[1] 印度婆罗门教将苏摩酒献给神，并举行大型祭祀活动，始于吠陀时代。苏摩祭共有八种。

路，内心的冲撞都会在每个失眠的夜中苏醒。直到有一天，回首来时路，才会发现岁月馈赠给我们最好的礼物，就是与自己和解。

和解的方式不同，除却巫山不是云的金克木选择翻越青藏高原，沉浸在梵文的神妙世界之中。新妇病故后年轻的许地山选择远涉重洋，从哥大到牛津做朝圣的信徒。十九世纪末风云变幻的牛津送走了王尔德——这个被陆建德称之为"声名狼藉的牛津圣奥斯卡"的魅力诗人，仅仅过了四分之一个世纪，许地山和老舍又在这里相识。在每一个大雾弥漫的清晨，老舍打着京腔与之调侃，而许地山回之以地道粤语的揶揄。有时我想，在每一个英伦湿冷的冬夜，四下无人，许地山独自一人从图书馆辗转回到寓所，是否会再弹起他心爱的琵琶，并轻和着烟火气息的粤讴，思念起地球另一端的故人。孑然的身影模糊又寂寞，直到多年以后的《旅印家书》中才重新焕发鲜活。

所谓"此有故彼有，此灭故彼灭"。三世两重的因果，证得四向四果的福报。世间的一切相逢和境遇都是因缘和合的变化。万事万物，因缘未到，是多么遗憾的事。

近来寝室飞蛾泛滥，每日清晨醒来，总是能在枕边或茶杯中看见它们灰褐色脆弱的尸体。我怀着悲悯的心情感慨万分，却也无能为力。生老病死，怨憎会，爱别离，求不得和五盛阴，我们芸芸众生的每一次转身，都成为现在的自己。

所以，最后的最后，王尔德还是选择放弃了英国国籍，离开了那个让他无比痛苦的国度，并客死他乡，葬身巴黎。

都市外乡人

在京派作家中，沈从文是如此与众不同。他自诩为"都市外乡人"，热情地讴歌湘西山区美丽风景，以及比风景更美的淳朴民风。

而对于我来说，湘西就像一个梦。凤凰古镇遥遥望去，仿佛是一个穿着草鞋的故乡，迎接着各地旅人的满面风霜，和游离于都市之外的赤子之心。

初到一个城市，难以找到归属点，沈从文同我们一样。去年秋天，我从上海辗转至长沙，最后到达这个存在于梦境中的古镇——凤凰。因为是淡季，我很快就在一家临江客栈住下了。房间很宽敞，阳台上摆放着古色古香的藤椅和藤桌，结实的木质地板，走在上面，吱吱呀呀，沉闷的回响。楼下是宛如西子湖般秀美的沱江。如此美景，比之江南多了几分灵动。

华灯初上时，临江吊脚楼掩映在婆娑又迷幻的气氛中，一夜一夜，梦境都这般氤氲着。在沈从文的散文中，一曲曲水手和苗家女子的爱情也仿佛湘西独特的香甜米酒，九曲回肠，断人心肝；玲珑有致的故事，沿着沱江，绵延至今。这一切都麻木了我们的味蕾，好似春醪，让人饮之辄醉，不愿醒来。

在这里，梦亦是最纯粹的。

饭后，我去凤凰古城里兜了一圈，小摊贩们仿佛民间艺术家一般，躲进这个桃花源一般的古镇，远离都市纷扰，慢慢生活。他们精致雕刻着生活，融入书写和编织中去。我穿起了这里老人们手工编织的草鞋，阡陌纵横的古城街道在脚下仿佛穿越了历史。又或许是历史在这里停留了，来自四方的游子只需要细细感受。

终于来到了沈从文先生故居，一位苗家女子引领我们走了进去。一瞬间让我想起前几天在长沙去过的贾谊故居。都是生不逢时的才子，都在孤独中消磨了浮生，亦都是给后人留下了彪炳千古的精神大厦。文人在历史车轮下无力地追索着，然而科技的进步总会代代更迭，人文的精神却是千年不朽。这便是为什么辉煌如蒸汽机也只能尘封在博物馆，而莎士比亚在今天依然在剧场上演，于隆隆掌声中震撼着世世代代的人们。

让英国人为之自豪的从来不是蒸汽机，而是莎士比亚。

傍晚时分，凤凰的夜生活才刚刚开始，古城里热热闹闹地上演着承载着盛世繁华的聚会。来自五湖四海的人们仿佛在这里冲破了自身桎梏，回归了自然。既有豁达如"同是天涯沦落人，相逢何必曾相识"，亦有惊喜似"一叶浮萍归大海，人生何处不相逢"的感慨。人们似乎更喜欢在陌生人面前回归自我。

听着从沱江上吹来的风，我坐在藤椅上打开了电脑，理清了思路，回忆着这一路走来的跌跌撞撞。上海繁华的街市成为一个模糊的影像，在脑海中渐行渐远。

翌日清晨，江边泛起鱼肚白。我想要踏着晨露，拜谒沈从文先生墓。也许是因为太早了，江边仅有一支竹排候客。船女自顾自地唱着山歌，明朗了整个世界。仿佛一瞬间，又仿佛过了一个世纪，竹排已经远离古镇。待竹排停泊到了码头，皮肤健康黝黑的苗家女孩用蹩脚的普通话告诉我："从这里爬上山就可以看到墓。"我走下竹排，并从山脚下小孩子们手中买了几只草叶编的小花篮打算带到山上，算是作为烦扰沈从文先生沉睡的补偿吧。晨雾霭霭，山上人不多，但人们无一例外，都安静地在沈从文先生墓前三鞠躬，然后默默地献上祭品。这些树和墓碑旁边都有很多渐渐枯黄的草编花篮，看来，络绎而来的拜谒者并不少。

我静静地站在山上，初升的太阳金灿灿地爬上墓碑。像在亲吻沈从文先生的脸颊。生前的是是非非如今都已经化入尘土，沐浴在故乡的清风中，带来平和淡漠的朝朝暮暮。如今，国内国外，无数的人在他的作品引导下，来到了这个如诗如画的边城。时过境迁，这位沉睡的老人，依然让我们感动了整整一个世纪。

当我孤身一人从家乡远赴申城，又辗转至北京之后，我想我能懂得，沈从文离开这个梦境般淳朴的风雨边城来到北平时的困惑与疏离感。"五四时期"的狂飙突进已经离我们远去，和平年代的我们更应该保有一种理想式的情怀。这是一种每个人心中都隐隐存在的乡土情结。

北上广有越来越多的都市外乡人在精神原乡和现实故乡的夹层中生活，不时描摹着理想与现实鸿沟中生命的求索。我想这份个体对自由的向往，就算是暂时的，也是超越功利的、令人感动的存在。

浮生若梦，为欢几何

沈复的生平经历并没有史料记载，最起码到现在为止都是从《浮生六记》里推测出来的。他其他的作品更是没听说，但这并不影响《浮生六记》的文学价值。就像张若虚一首《春江花月夜》成就了唐诗的骄傲，沈复一部《浮生六记》也足以在文学史上留名了。

文学泰斗俞平伯先生曾经用文章高度评价过《浮生六记》："统观全书，无酸语、赘语、道学语""情思笔致极旖旎宛转而又极真率简易"……后来年纪大的时候，老先生谈起这本书依旧不改初衷。

而作家林语堂曾经高度赞赏过两个女子，称她们是古中国最可爱的两个女子，其中一位便是《浮生六记》里的芸娘。芸娘是《浮生六记》里主人公之一，也就是作者沈复的结发之妻。

《浮生六记》中的"浮生"出自诗人李白："夫天地者万物之逆旅也；光阴者百代之过客也。而浮生若梦，为欢几何？"[1]《浮生六记》虽然名为"六记"，实则已经丢了两卷，

---

[1] 出自李白《春夜宴从弟桃花园序》。

只剩下四卷。可是就这么点东西，却是好多年来文学爱好者的心头肉，如上面提到的俞平伯和林语堂。当然，也主要因为他们二位，让更多人开始欣赏《浮生六记》。

这本书的内容其实也很简单，主要讲述沈复和芸娘这对非常具有审美感的恩爱夫妻的婚姻生活，描述了他们的生活情趣、家长里短，以及后来游历山川的见闻。而二人的婚姻生活充满了艺术感。

芸娘是沈复舅舅的女儿，这个表姐在一开始的时候不仅深得沈复的喜爱，更是非常得沈复母亲的心。因为沈复十三岁的时候跟随母亲回家省亲，与芸娘两小无猜，便告诉母亲："非芸娘不娶！"而沈母当时的反应是摘下金戒指缔结婚姻。因此可以说这段婚姻的开始是得到了丈夫的心意和婆婆的祝福的。

那时候的芸娘虽然没有上过正规的学，却凭着自己的努力从学习认字开始，慢慢地能够通篇诵读，有时候不得不猜测，也许文学也是打开芸娘世界的一扇窗。年幼时家境贫寒，这个女孩子通过女工劳动扶持家庭，甚至还资助弟弟上学。这段经历给了芸娘怎样的回忆我们不知道，但从她后来和沈复的互动可以看出，芸娘非常体贴人，但是又能懂得分寸。举个例子：堂姐出嫁的时候，他们还没有结婚，芸娘体谅沈复辛苦，为沈复偷偷藏了热粥小菜，解了沈复饥肠辘辘之苦，结果被堂哥发现了，还笑话她。在那以后，沈复一出现芸娘便自动回避了。在那样一个礼法社会，这便是芸娘勇敢的体贴。

而主人公沈复小时候就非常有趣。夏天蚊子多得嗡嗡乱叫，这种情景大家都会遇到，是不是觉得特别讨厌？但是沈复不觉得讨厌，反而把蚊子比作一群鹤，在天空飞舞，就这样看得脖子就僵了。特别可爱！孩子的想法常常很神奇。这还不算，他还突发奇想把蚊子留在帐子里用烟熏，看着蚊子在烟雾中飞来飞去把它们想象成白鹤在青云中翱翔！不得不说沈公子小时候真是会玩啊。他还特别喜欢观察小动物，比如虫子打架之类的，他能结合自己的想象进行发挥！所以沈复从小就非常有个性，会玩，内心世界充满着乐趣。

几年以后，充满童趣的沈复就遇见了芸娘。书中记载，他们在一起二十三年，相敬如宾。

沈复与芸娘的婚姻开始并没有波折。虽说刚进门有些拘束，但因为丈夫的体贴，再加上芸娘待人有礼，所以大家还是很喜欢她的。沈复对这个妻子更是钟情有加，甚至提前结束了在外地的学习。这里或许有人觉得沈复不思进取，然而当时沈复家境还算宽裕又正是新婚，所以得到了老师的谅解，就这样放他回来了。

小别胜新婚和以后的一段时光是两人生命中最幸福，也最惬意的。我们也将从这段生活中看到明清时代文人生活中的"闲趣爱好"。

夏天的时候家里热，沈复就带着芸娘到沧浪亭爱莲居西边避暑，用沈复的话说是陪他读书论古、品月评花。真是选了个好地方。简单介绍一下沧浪亭：这是一座始建于北宋的园林，历史悠久，因为《浮生六记》的关系，现在到苏州沧浪亭的游客还有要找沈复故居的，当年林语堂也是，可惜沈复的故居早已不在了。

那时候沈复和芸娘就在那儿从文章谈论到作者、诗人，这两个人都对古典文章和作者有着自己的想法，就像两个文学评论家在互相切磋。虽然沈复喜欢杜甫，芸娘喜欢李白，但这并不影响两个人的感情，他们彼此独立，又互相欣赏。

不仅是谈书论文时两人如同知音，先前提到的品月评花以及摆弄盆景，这夫妻二人都是相得益彰。其实，沈复家在苏州，有话说"苏州园林甲江南"，除了园林，盆栽艺术也是江南的一大特色产物，沈复对这部分文化是比较熟悉的。芸娘因为家境贫寒而忙于生计，寻常人可能顾不上这些风花雪月的玩意儿，芸娘却与众不同，她不仅能够欣赏美，评论美好事物，甚至还对欣赏美有一定的造诣，这是很不容易的。这大概就是她与众不同的地方之一。

芸娘走在扫墓的路上，发现有苔藓纹理的石头，便想到用它来堆叠假山。如果说这只是个凑巧的话，不妨来看她对沈复侍弄的盆景的评价：位置布置得虽然精巧，但是终归不是富贵人家的气象。可见，对于审美芸娘是非常有自己的独立见解的。沈复对芸娘也是非常信任，就问她一些关于侍弄盆景的学问，比方说，石头颜色不均怎么办？芸娘还真的就告诉了他办法："选择顽劣的石头捣成粉末，抹在油灰粘连的痕迹处，趁着湿掺和在一起，等干了以后也许会与石头一样颜色了。"一试，成功了！所以芸娘不但懂得欣赏盆景，对于一些特殊技法

也颇有心得，绝对是实力派的。

当然，沈复本身就是这方面非常厉害的人了。有多厉害？从书中我们可以看到，他能够栽培和修剪兰花、杜鹃，瓶插菊花，点缀盆景、精通装饰园亭楼阁等技巧……这一大串的，我们来说说插菊花。沈复创造了一个关于插花的概念，叫作"起把宜紧"。就是插的花从一个点出发，像一丛怒起的感觉。植物的生长都是一个"点"，插花的时候把器皿当作大地，花枝从一个点出发，上面的部分向四周延伸散开，就像自然界中生长的植株一样，一丛而生，自然又好看。在日本花道中也有"立华"和"生花"这两个概念，和沈复的"起把宜紧"有相似的意思，它的特点是对于花脚的处理比较巧妙。

回到沈复插菊花，他觉得菊花要插单数更加合适，每个花瓶只插一个品种、一种颜色，并且要选用瓶口开阔的花瓶让花舒展开来，配以"起把宜紧"的方式来插菊花。在这之后，沈复还详细论述了如何选花，以及怎么摆放插好花的花瓶，甚至于还论述了除了花瓶以外的器皿如何插花，真是非常详尽，绝对是"达人"级别的！

园艺和盆栽都是江南非常特别的产物，苏州的园林里至今都会不定期举办一些盆景展，比如虎丘山旁边就有一个盆景园，所以这是非常有历史的技艺了。沈复也深谙一些园艺技巧，像"折梗打曲"。同时我们也能看到的是沈复对于培养盆栽的一些观念，比如他觉得盆景平时都需要根据它原本天然的韵态而修剪枝叶，才能更突出它的姿态，但是要真正成景，还需要进行大剪修整，对此他也给出了许多修剪的例子以及建议。不得不感叹，想必经过沈复之手的盆栽不在少数吧，他可真是花匠中的佼佼者。

精通园艺的沈复加上对美非常敏感的芸娘，两个人简直是相得益彰。婚姻中的两个人越是相辅相成，越是能够感受到彼此之间的亲密联系，在一起做什么都是快乐的。最为难得的是，有的时候这种快乐，甚至与金钱无关，是发自本心的。

为了弟弟结婚，沈复和芸娘搬出了沧浪亭。芸娘非常怀念在沧浪亭的时光，沈复便设法找到了一个有院子的老宅，和芸娘一起借着避暑住一段时间。院子里有个池塘，夏天的时候白天垂钓，傍晚看着夕阳吟诗，夜里乘着月色喝酒看月亮，摇着芭蕉扇乘凉。这样的生活一定是让沈复和芸娘快乐极了，所以他们一连住了十天。秋日里自己栽种的菊花开了，沈复的母亲也来了，吃着螃蟹观赏菊花，这生活画面似曾相识，不就是大观园里的螃蟹宴吗？富贵与贫穷有时候并不成为决定快乐的理由，和喜欢的人做有趣的事，就是快乐。

于是芸娘就对沈复说："将来我们就在这里造房子，买菜园，种瓜果蔬菜，你画画来我刺绣，赚两个小钱作诗买酒喝！一辈子粗茶淡饭，终老于此。"这是芸娘的理想，虽然最终未能实现，但是我们通过这个理想还是能够看到芸娘所向往的生活，和多年以后的我们如出一辙："择一城终老，携一人白首。"爱情到最后，都是平平淡淡地相濡以沫。在相濡以沫的日子里，芸娘和沈复每一天都过得如此精致。

芸娘想去太湖，沈复便为她设法周全，换上男装，就这么大摇大摆出门了。他们曾经探讨过周游名胜古迹，唯一实现的就是这个太湖了。望着浩瀚无边的太湖，芸娘感叹："今天能看见天地之广阔，真是没有虚度此生啊！天下那么多女子，有的终身不能见到这种景色。"这话一点不错，古代女子出门不是一件简单的事，我们这里也能看出沈复对妻子的成全与爱护。还有，以前和现在不一样，现在住在苏州城去一趟太湖是很容易的事情，开车最多一小时也就到了，古时候那可真是要经历"舟车劳顿"的。换男装游太湖想必是芸娘一生难忘的经历，多少读者又为特立独行的芸娘倾倒。

春天油菜花盛开的时候，与好友对花畅饮。为了喝到一口热酒，芸娘甚至想到雇了卖馄饨的挑着炉火，用锅炉热酒，用砂壶煎茶。卖馄饨的这个营生历史也挺长久，二十世纪九十年代的时候在苏州大街小巷还能看见，挑着担，卖各种点心，比如糖粥、馄饨之类。沈复的朋友看着这般精致的出行成果钦佩不已，其实无非有心而已。

夏季荷花初开时，芸娘用小纱袋包上一点茶叶，放到荷花蕊里，第二天早晨再取出茶来，用雨水来沏茶，茶水的味道妙极了！发现自然的美，享受自然的馈赠，这也是精致生活。

说起精致生活，除了和个人悟性有关系，和社会发展也是有一定关联的。天下安定，人们才能安居乐业。明清时代社会经济空前繁荣，反应这时期人们生活的小品文作品还是很多的。如明人张岱的《陶庵梦忆》，既是一部个人的生活史，也是一部晚明时期的生活画卷,记载了晚明时期江南生活特别是衣食住行、社会习俗的各个方面。再比如清人张潮的《幽梦影》,以美的眼光去发现一切美好的事物,堪称"美的著作",精致得不得了。其中也有论述季节里美好的事情,感兴趣的朋友不妨一观。

沈氏夫妇精致地生活了十几年,芸娘开始一直生病,八年后不幸离世,这期间沈复一直都在她身边。不论是贫困交加还是众叛亲离,沈复始终对芸娘不离不弃。几百年前苏州城中的这对伉俪,早已诠释了什么是爱情。陪伴便是最长情的告白。

病中的沈复百感交集,写下了《浮生六记》。再后来,没有人知道沈复的踪迹了。

在《浮生六记》中,我们看到了几百年前苏州城里最叫人羡慕的爱情,无关财富,无关权势,就是寻常人家的婚姻故事;我们看到了明清时代文人之间的各种雅趣爱好,从谈诗论文到盆景园艺;我们更是看到了江南的地域风情,从精致的园林到浩瀚的太湖。这本书,于人间烟火中徐徐展开一幅明清时期的社会风貌图。

还魂者：《荒野猎人》中的宗教密码

美国文化多元，价值观多元，宗教多元，但是大体上还是受新教伦理所支配的。在众多美国好莱坞优秀的导演身上，即便有时候会存在价值观的混乱，比如《机械姬》等，但总体上或多或少、或明或暗地渗透着新教价值观。这种精神，也构成了好莱坞电影的核心。

我想谈谈这部于二〇一六年三月上映的电影《荒野猎人》。电影中主演莱昂纳多·迪卡普里奥（外号小李子）邋遢苍老，受尽磨难，不过也因此终于捧得第88届奥斯卡小金人。尽管有些人依然对小李子的演技持保留意见，但是他没有功劳也总算有了苦劳。尤其是对于我们这一代看着他的电影长大的人来说。从《致命快感》《铁面人》的青涩到《泰坦尼克号》中的翩翩美少年，再到与凯特温斯莱特再度合作的《革命之路》，以及我的最爱《禁闭岛》《盗梦空间》，直到《荒野猎人》，中间不再赘述，大家都十分熟悉。当我们满怀期待地走进电影院，观看这部斩获三个好莱坞重头大奖的影片时，居然发现，影片冗长、节奏缓慢、故事简单，前半小时的情节像极了在中国红遍大江南北的真人秀《荒野求生》中的桥段。很多人就此在电影院昏昏欲睡，似乎唯一值得称道的就是电影中极具美学价值的美国西部风格长镜头。苍凉贫瘠的戈壁，漫漫无尽的征途，把生命抗争的美感表现到淋漓尽致。

大多数人的观影体验就是如此了，没有制度宗教文化背景的人们其实并没有理解电影语言中预设的文化内涵。电影中蕴含着大量的基督教隐喻，读过《旧约》的朋友一定会会心一笑。心中默想这不就是一部现代版的摩西《出埃及记》吗？是，但也不完全是。

让我们先来看看电影的海报（电影海报很多，我仅就我认为最能传达出电影主题的这张来说）：空旷苍凉的旷野上，夜幕降临在河岸边，左侧闪烁着火光。大家知道，摩西在带领以色列人出埃及时，上帝就是伴随着火光来给他传达神谕的。而水，更是《圣经》中不可或缺的文化符号，也就是洗礼，洗去罪孽，或者是重生。海报上英文写着电影的名字"THE REVENANT"，直译过来就是"归来者"。这一切都清晰地展示了电影的主题，即化解仇恨和自我救赎。

先来说说化解仇恨。电影中小李子所饰演的主角的儿子被菲茨杰拉德杀死，使其悲痛欲绝。一个人在生与死的边缘艰难前行着，复仇的怒火使其险些失去理智。就在这时，他看见了远处旷野中的一座破旧的教堂，镜头拉近，借着火光，我们看见了教堂墙壁上耶稣的脚，被钉子穿过钉在了十字架上。镜头转瞬间又拉远，我们与小李子一起远远地站在前方，教堂上的钟声敲响，背景音乐是来自丧钟的悲鸣，像孤独且沉重的脚步，在悲悯中充满着自然的肃穆。这时，主角的儿子出现在了教堂的门口，一步一步地向我们走来，最终与他的父亲紧紧相拥。即使我们不是基督徒，但是看到这一幕还是被深深震撼了。这里代表了原罪，受难和复活。影片也从这里开始转折。这是猎人的复活和归来，学会化解仇恨，并肩负起使命去完成赎罪之路。

影片中反复出现的一句话：复仇一事乃操之于上帝，因为我已经死去过一次。[1] 细数了一下，出现了不止三次。这段出自《新约·罗马书》十二章十九节："Never take your own revenge, beloved, but leave room for the wrath of God, for it is written, 'Vengeance is mine, I will repay', says the lord."[2] 因此，影片中所传达的"复仇"并不是简单的猎人与菲茨杰拉德之间的杀子之仇，而是整个宗教意义上的原罪。所谓一场旷野征途，不过是一次赎罪的象征。

影片中多次出现的教堂、上帝、十字架这些意象共同构成一个个宗教符号。而小李子所饰演的角色其实作为一个有着原罪的人出现在影片中。他是最早侵略和杀戮这些美洲土著的欧洲殖民者，同时也是最早醒悟的人，他带着印第安人的孩子，为所有侵略者背上了十字架，变成了摩西，也变成了耶稣。菲茨杰拉德则是一个典型的无信仰的凡人，影片中自白说上帝并

---

〔1〕 英文为：Revenge is in God's hands not mine.

〔2〕 不要因私复仇，让主审判，如其所言"复仇在我，有冤必报。"

不存在，拯救父亲的上帝不过是一只松鼠。这也就解释了为什么影片的最后主角没有亲手复仇，因为耶稣并不负责惩罚恶人，而是把离经叛道者交还给上帝（这里可以抽象为土著的愤怒）来解决。最后土著经过主角身边，并没有杀他，这仿佛像基督耶稣完成了对自己原罪的救赎，最终得到了上帝的宽恕。这完成了影片的第二个主题，即自我救赎。

有人说奥斯卡电影变得越来越不好看了。与十年前相比，近些年的电影确实故事性减弱了。比如当年斯皮尔伯格的一系列电影现今看来依然带劲十足。但是奥斯卡电影真的越来越不好看了吗？其实不全是，美国电影人在不断摸索中走得越来越远，文化与符号的运用相得益彰。技术、特效越来越纯熟，却没有陷入炫技的泥潭。《机械姬》没有，《云中行走》更没有。在如今这个图像化的世界中，图像具有非常大的欺骗性，即让人们以为自己懂了，但其实图像符号背后深刻的隐喻却完全没有领会，这就造成了创作者和受众之间巨大的鸿沟。再加上宗教和文化上的隔阂，就使得如今电影人更加步履维艰。

两个西藏——《冈仁波齐》与《皮绳上的魂》

在西藏拍电影是张扬梦想了十多年的历险：置身于四千五百米海拔的群山峻岭间；辗转拍摄了数月之久的一百三十多人大剧组；从东到西横跨了两千多公里的高原山路……张扬用诗意的镜头带给我们比冈仁波齐山终年飘零的雪花还要美与纯净的电影。

有人嗤之以鼻，认为西藏的题材已经被过度阐释，认为无论哪种形式的关注都是猎奇的表现。但是，这些质疑电影和导演的城市精英们忘记了：自己看待事情的视角什么时候已经潜移默化地变成了新教伦理？我们轻而易举地接受好莱坞的价值观，认同个人奋斗与利己主义，却与淳朴农业社会的"天人合一"越来越远，与自然和土地和谐共生越来越远。

另一头，二〇一六年在北美上映的《海边的曼彻斯特》斩获很多大奖，包括奥斯卡。虽然影片没有在国内院线上映，但是很多人早已经通过网络资源观影。这部电影在某些方面与《冈仁波齐》很像，絮叨琐碎的生活，灰暗平淡的人生，没有大起大落的戏剧性桥段，却用生活最本来的面貌让人热泪盈眶。

有时我想，是什么让观众轻易地接受了《海边的曼彻斯特》？电影里，李叔叔惯常与侄子"尬聊"，在接侄子从妈妈与继父的家中出来时问他继父是个怎么样的人。侄子心不在焉地说，是个虔诚的基督徒。李叔叔尴尬地回答：别忘了，我们都是基督徒。是的，别忘了。

殖民时代已经早早远去，但是科技带来的优越感还充斥着现代文明社会。而一个社会，越是精神文明凋敝，就越是重视科技发展。不断攀升的野心支撑着人们探索到神山之巅，却发现自我与他者都已经迷失在消费主义的虚妄之海。我们还有什么理由质疑和嘲笑张扬的出发点呢？

回到电影本身，神圣与世俗一直是藏族人民身上的两个维度。这让我想到几年前在梵语课上，一个腼腆的藏族女孩在黑板上用天城体写下自己的藏语名字：晋美。这个名字在藏语里是无限、无畏的意思，也是电影中一位主人公的名字。电影全程藏语旁白，我们要很努力才能记住这些有点拗口的名字，但是就像朝圣途中刚出生的小孩丁孜登达一样，每个名字背后都充满宗教的性灵与淳朴的祝愿。

张扬在拍摄《冈仁波齐》的同时，还同步执导了另一部西藏取景的影片，那就是由我最喜欢的藏族作家扎西达娃的小说改编的《皮绳上的魂》。此片充斥了太多的虚实交错，普身份的千变万化，启明灯、引路人、小精灵都不足以一言概之。

影片《皮绳上的魂》中对原生态景观的直观展现依旧震

撼，而关于信仰的坚守则将一望无际的迷茫赤裸裸地撕裂与解构，不留一丝痕迹。站在人们眼前的不是苦行僧般赎罪的贝塔，不是盲目追随着的琼，不是被仇恨蒙蔽双眼的郭贝，不是心事重重的占堆，不是寻求真相的作家格丹，而是古老的藏民族文明面对强制的不可逆转的现代化进程时无处安放的焦虑。

写实风格的《冈仁波齐》，魔幻现实主义风格的《皮绳上的魂》，是张扬带给大家的"两个西藏"。

《冈仁波齐》电影中磕长头的镜头大段地采用低视角拍摄，带给观影人最震慑心灵的感动。无论是暴风雪还是烈日骄阳，无论前方有什么样的困难和危险，朝圣者都不曾停下脚步，就这样磕着长头匍匐在苍穹之下。每一次亲吻仁慈的地母，每一次仰望漫天神灵，每一声叩拜，每一个脚步，都是轮回世间不可言说的福报。

历史和宗教交融在神山圣湖的抚育中，彼此交缠，形成神圣与世俗两位一体的民俗画卷。

西藏连绵的雪山、圣洁的湖泊、空中的每一片雪花、路边的每一颗石子，都记载着动人的神话：湿婆的冥想、帕尔瓦蒂的苦修、恒河的倾泻而下、胜乐金刚的宝座……公元前一千多年前的人们就称这里为世界的中心。

冈仁波齐是西藏的缩影，就像青藏高原上的康巴汉子，在大自然里踩着命运的回响。

这两部电影是张扬献给藏族人民的最佳献礼。这片神圣的土地上曾诞生过魔幻的故事，那奔跑着的生灵是上天的馈赠，而生命最美好的样子便是回归本真、放下仇恨、孜孜不倦地找回内心的平静。

孤独的热带

　　《热带往事》从预告片一出来就有一种刁亦男的味道。在刁亦男的镜头下，一冷一热，往往催生出两种极致的浪漫。比如雪后清晨的《白日焰火》，以及温热潮湿的《南方车站的聚会》。这种一脉相承的镜头美学保障了《热带往事》的新人导演温仕培在国产犯罪类型片领域的完成度。

　　同样，影片在氛围的营造上也很好地还原了二十世纪九十年代广州街头的暧昧感，有着《旺角卡门》式的混乱，熙熙攘攘的市井生活和躁动不安的人心。这个并不复杂的故事就在这样的浓烈对比的镜头下穿插展开。在观众的视角下拼凑出了一段空调工王学明的"热带往事"。

　　片头逃脱的耕牛，既交代了王学明被阴差阳错卷入老梁被杀案的起因，又回应暗示了影片中间老式电视机上那段"社会达尔文主义的演讲"。这是一个弱肉强食的现实社会，不应抱有侥幸，对他人的仁慈就是对自己的残忍。虽然影片一开始就通过狱中的王学明开始倒叙故事的经过，但是悬疑感并没有消失，随着剧情的推进原先那些看似不合理的线索也渐渐清晰，观众看到的"结果"并非真正的结果，观众以为的"真相"也并非最终的真相。整个故事围绕老梁的死展开了三个视角，观众看到的王学明限知视角、梁妻慧芳的视角和警察陈耳查案的视角。

影片在形式上可以被分为两个部分，导演用王学明的衣服颜色来区分。也就是前半段黑衣王学明和后半段的白衣王学明。这里衣服颜色变化也包含几层意思。即王学明以为自己肇事杀人，以为自己有罪的"黑衣"阶段，和自我救赎的过程中得知老梁真正死因是中枪而亡后重生并赎罪的"白衣"阶段。一黑一白，由黑转白，完成了王学明这个人物形象的塑造。这里解答了王学明不是凶手，但同时设下了另一个悬念——不是凶手的王学明为何被关在了监狱呢？这就是电影后半段白衣王学明需要展示的内容。从此开始电影也加入了梁妻慧芳视角和警察陈耳破案的视角。

影片在抽丝剥茧中渐渐还原了真相。其实一开始的细节中也有交代。王学明车祸那天车里收音机播放的彩票号码，在每次回忆中都反复出现着，暗示着一切与钱有关。

影片中的暗示和隐喻还有很多。饰演盲人歌手的章宇，在影片中唱了一首猫王的老歌 *Are you lonesome tonight* [1]，也是影片的英文名字。这首歌第一次出现是在慧芳的家里，后来又出现在老梁被杀那晚停电的大排档上。通过盲人歌手巧妙地将老梁夫妻之间的疏离和孤独展示出来，也隐喻了夜幕降临之后

---

〔1〕 猫王 2004 年的专辑 *All My Loving* 第 7 首，译为《今夜你是否寂寞》。

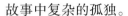

故事中复杂的孤独。

　　这种孤独看似是王学明一个人的救赎之路，实质上每个人都在孤独中挣扎，潮湿、闷热，黏腻腻。突如其来的大雨也准备着随时冲刷整座城市，冲刷掉罪恶的痕迹，仿佛一切从来没有发生过。影片在导演强烈的视听镜头下跳跃、翻转，解答了一个个谜团。

　　先说说影片出彩的地方，首先是两位女性角色。饰演梁妻慧芳的张艾嘉一贯地稳定输出，继承了《山河故人》里犹存的风韵。港式吊带连衣裙、慵懒的盘发，在柔和的港式打光下举手投足间充斥着成熟女人魅力。不管是跟彭于晏的暖昧对手戏，还是跟警察王砚辉的交手，就连最后跟毕赣姑父陈永忠的简单对话都显得游刃有余、融化在角色中，真正做到了不着痕迹，尽得风流。同样，饰演王学明女友的姜珮瑶也可圈可点。这个拥有茅盾小说女主名字的青年演员出场不多，短短几幕就把小女友的性格层次展示得比较到位。

　　相比较而言，暴瘦后的彭于晏虽然外形上已经比较贴合空调工，但由于王学明前期，也就是黑衣阶段还是与彭于晏以往的荧幕形象出入较大，导致他的表演在与张艾嘉、王砚辉、章宇的稳定输出对比下略显苍白。到了白衣阶段，彭于晏在一段暗示王学明欣喜心里的舞狮转场后就明显从容了许多。那个《邪不压正》里屋顶跳跃的阳光少年又回来了。

　　当然影片的缺点也同样明显。首先是剧情本身比较单薄，虽然整个布景、调色都很艺术化，但是在犯罪悬疑的类型片中

还是显得有些形式大于内容。其次是诸多线索比较零散，故事
线索在倒叙、插叙中没有形成一个有机的整体，也没有互为呼
应，导致剪辑上的凌乱，难免有些遗憾。瑕不掩瑜的是，影片
包裹着导演温仕培强烈的个人风格。

真实事件的戏剧张力

年终岁尾，不论中外，各类盘点总结纷至沓来。二〇二一年全球电影行业已经逐渐走出了阴霾，贡献出许许多多的荧幕佳作。

不管是热闹的商业片还是小众文艺片，在全球电影人的努力下，越来越多的观众愿意回到荧幕前感受电影作为艺术的庄严和美。

有部由真人真事改编的冷门佳片让我印象尤为深刻，遂推荐之。

《杰伊·比姆》

该片一改印度宝莱坞电影的欢乐氛围，在将近三小时的时长里没有一句废话，叙事流畅、步步反转，最后将这个残酷事实的真相抽丝剥茧地展现给观众。

表面上这是印度人权律师钱德鲁帮助社会底层百姓打赢官司、讨回公道的故事，实质上揭露了在种姓制度下各阶层之间的残酷压迫。

这是一段被人遗忘的历史，是泰米尔原住民被排斥在印度四大种姓之外、被称为"不可接触者"的残酷历史。钱德鲁站在法庭上为各位高高在上的大法官以及权贵勾结的警界联盟"讲述"这段历史。在真实的事件中，钱德鲁这场人权官司打了整整十年，漫长的取证和诉讼，最终赢来了胜利的曙光。

本片片名"杰伊·比姆"就是比姆万岁的意思。比姆是印度二十世纪五十年代贱民出身的伟大改革者，既是印度宪法之父又是印度第一位法律部部长。在当时的印度社会，种姓制度、司法体系和作为执法者的警察，共同编织成一张密不透风的网。这张网看似维持了社会的民主和自由，但却是有条件和相对的，他们心照不宣地压迫和奴役作为"不可接触者"的贱民。因此比姆曾说，只要一个人没有实现社会自由，法律所提供的自由对他就是没有用的。这句话深深影响了钱德鲁，他一生致力于为贱民阶层伸张正义，为印度种姓制度的废止做出了卓越的贡献。

古印度史诗《摩诃婆罗多》中就已经出现反对种姓制度、出身不能决定能力和阶层的论调。印度佛教的兴起更是诉诸一个人人平等、没有分别心的世界。但是人性幽微，当权者不肯放弃手中的特权，神解救不了世人，自由和平等需要法律的维持。在影片中，得到钱德鲁帮助的社会底层百姓献上花环，钱德鲁却躲开了，他说："我是人，不是神，我不需要花环。"

走进南传佛教禅修
——记一次宗教人类学田野调查

宗教学并非神学，而是一个连接方外之所和红尘大众的桥梁。研究者需要一只脚用"同情地理解"踏入宗教的神秘境域，同时另一只脚留在现实世界冷眼旁观。这也就是要求研究者暂时搁置无谓的判断，放下偏执的成见，甚至成为一个切身的参与者，但最后又要摒弃一切共鸣的情感回归学术研究的位置。本文带领读者从宗教学视角切入南传佛教禅修，共同体会这个神秘博雅的佛教世界。

距离清迈城区一个多小时车程的钟通寺是泰北地区最为著名的寺院。它的全名是钟通佛舍利寺，因之寺院中存放着珍贵的佛陀头骨舍利。禅寺每天迎接着来自世界各地的发心人、修行人和慕名而来的游客。

在每日庄严的浴佛典礼中，人们先是井然有序地在佛殿外排队，然后每人拿着一瓶清净水陆续进入大殿，在僧人的指引下绕殿一圈。我顺着头上的龙骨往大殿另一头的门口处佛舍利走去。整个大殿华丽炫目，四周墙壁上彩绘着佛本生故事，木质的龙骨也是被绘制成一种东方龙的形象盘旋在人们的头顶。四周弥漫着干燥的檀香气味，带着让人安心的禅意，在热带森林的湿热气息中吐露芬芳。

前面的人离开了，老僧人指引我过去。我踮起脚，将手中的清净水灌入，清净水随着龙骨上的凹槽向下流动，直到沐浴到佛头骨舍利上，才算完成仪式。佛舍利在清晨的阳光下显得波光粼粼，日复一日地祝福着来自世界各地的善男信女。这时你先不要急着离开，站在一旁的僧人还会将沐浴过佛舍利的清净水点到男众的额间，带给你最殊胜的加持。

为什么女众不可以呢？因为这来自于南传佛教的一个传统，出家僧侣不可以跟异性有任何身体上的接触，如果要传递物品，也要假借第三方或者放在一旁让对方自行拿取。否则就会破坏僧侣的修行。

浴佛仪式有这样一个由来：据《过去现在因果经》卷一记载，佛母摩耶夫人怀胎临近产期之时，路经蓝毗尼园[1]，行至无忧树[2]下，诞下悉达多太子，此时，难陀和优波难陀龙王[3]吐清净水，灌太子身。这一历史传说在古印度流传甚广，近代在印度菩提伽耶附近的鹿野苑和阿摩罗伐底出土的佛传雕刻上，都有所反映。这一传说导致了浴佛仪式在如今三乘佛教中的流行。

---

〔1〕 在今尼泊尔境内。
〔2〕 也称娑罗树或波罗叉树。
〔3〕 另一种说法是九龙王。

另一方面浴佛灌顶也来源于古印度婆罗门教，这种"浴像"的宗教仪式被认为可以使人精神清洁，浴佛的起源也与此相关。因此，参与浴佛，清净精神，是在钟通寺开始修习的第一步。

次日清晨，我步行经过那条等待浴佛的长长队伍，他们沐浴在晨光之下，充满了宁静的仪式感。来到禅房，我已经准备开始下一阶段的修习。夏日的泰北正是雨季，室外闷热，禅房里却十分通透凉爽。九十三岁高龄的大长老精神矍铄，对众人讲授修习法门时也中气十足，思维清晰。我在大长老的指导下观想自己的身心，从呼吸到每一根手指。当进行禅坐时，就将正念置于腹部，随着呼吸的起伏，默念"涨讓、消讓"，这就是将正念住于身。当使觉照默念成为连续不断的时候，十六种禅定智慧就会升起，叫作十六观智。其他还有更为严苛的修行步骤，我就不一一赘述了。

钟通寺的住持是今年九十三岁高龄的帕檀·蛮咖喇瞻大长老。他不仅是钟通寺也是整个清迈兰纳地区最德高望重的出家人。大长老从很小的时候起就亲近佛法，十一岁出家成为沙弥，十八岁行头陀行修行。大长老还曾将印度那烂陀寺旁佛陀修行证悟的菩提树移植到泰国，当时盛况空前，泰国国王的母亲亲自将菩提树种植下来。大长老于佛历二四九七年（公元1953 年）开始弘扬毗婆舍那禅修至今，使毗婆舍那禅修能够延伸、开展，促使更广大的人们有机会修行。

寺院严格恪守"过午不食"的传统，但是怕我们不适应这种饮食习惯，还会在午休之后给寺外人员送上牛奶蜂蜜等流食。有一次送餐的是一位戴眼镜的年轻僧人，中文很流利。我与之攀谈后才得知他原是云南人，父母皆信佛，大学毕业于泰国摩诃朱拉隆功佛教大学巴利语专业，现在已经通过了泰国巴利语九级考试，毕业出家至今五年。

问起僧人出家的缘起，他这样回答道："我们（南传佛教）对于戒律更为严苛，也更为朴素。泰国这个国家传统上对于僧人都是比较尊重的。这也是我选择留在泰国出家的原因。大长老平时用巴利语和泰语给我们上课，我也会去帮助中国来这里的俗众弟子讲解我们南传佛教，介绍钟通寺的历史，和我们珍贵的佛头骨舍利。"

接下来我向他请教毗婆舍那禅修。他讲道："僧人的禅修会更为严苛，比如我们不会坐在禅房里禅修，因为在禅房这样舒适的环境中入定太容易了。而我们要走出我执，就要置身于一个自己心里最害怕的地方来禅修。比如我因为出生在云南嘛，那里有很多鬼怪的民间传说，小时候我不听话，爸爸和妈妈还会用鬼怪传说来吓唬我，久而久之导致我到出家的时候都很怕鬼怪。因此，大师傅就要求我深夜去墓地里禅修，只有在自己最怕的地方忘记我执，才是真正的入定。"

我惊讶道："天哪，当我坐在禅房里禅修时我感到很舒服。但是我很怕蜘蛛，如果把一只蜘蛛放在我身上，我绝对无法安心禅修！"随之观想着年轻僧人的话，我的内心十分敬佩。

年轻僧人棱角分明的脸上露出爽朗的笑容，他继续说道：

"刚开始肯定会这样，人身就是由五蕴构成的。所以这就需要佛法来帮助我们修炼，观想自己的内心。其实鬼怪并不会来伤害你，你害怕蜘蛛也不是因为怕它们伤害你，而是觉得外形骇人，而这些都是出于我们的内心，我们的分别心，这是需要通过禅修来使之消除的。"

我惊讶于眼前这位年轻僧人对佛法深刻的理解力，从前都是在课堂上、书本中了解佛法，没想到如今面对面听僧人的点拨。我想这就是田野调查的意义，让我们能够设身处地地接触宗教，才能更深刻地理解和研究。我接着说："您说得太好了。在一个宗教氛围并不浓的国家或者地区，首先最需要的是理解出家作为一种生活方式，是为了追求精神上更高的智慧。"

很快，僧人到了上课时间，我们结束了短暂的闲谈，我目送年轻僧人离开。他的僧衣虽旧却十分整洁，脸庞和裸露的右肩被泰国强烈的紫外线晒得黝黑，肌肉线条明显，步伐平稳、快速。

佛教是一个如此严密的符号象征系统，就思维的严密性、对世界的解释能力与思想层次的深刻性而言，最为纯粹地继承了印度佛教法脉的藏传佛教思想无疑是三乘佛教中的翘楚。所以藏传佛教某种意义上也被称为《金刚乘》(但绝不可以完全等同)，也就是智慧的法门。

当然最为我们所熟知的还应该是早在东汉末年就已经传入中原的汉传佛教，它继承了北传大众部佛教中的另一个精髓——那就是众善奉行的精进。

我在这里主要介绍的却是除此之外的南传佛教，也叫上座部佛教。南传佛教顾名思义就是由古印度向南部（今天的）斯里兰卡地区传播的佛教，再借由斯里兰卡传播到泰国、缅甸、越南、老挝和中国云南、海南等地区。它继承了佛陀时代三衣一钵的修行方式，并使得慈悲喜舍的祥和思想绵延至今。

　　泰国清迈府钟通寺住持帕檀·蛮咖喇瞻大长老一生致力于毗婆舍那禅修的发展和传播。那么究竟什么是毗婆舍那禅修呢？简单来说就是一种断除贪嗔痴的指引之路。大长老说修习毗婆舍那四念住能够建设我们的生活与提升我们的心志，进步到可以被提升之极致——那就是洁净我们的心，超越生命的黑暗之域，以便达到生命的极点，或者说达到苦的灭尽，也就是人们常说的涅槃。

　　毗婆舍那禅修的修行法门涉及生活中衣食住行的方方面面。值得注意的是，修习过程中如果人的身体感到痛苦，那么我们不能通过禅修来消除痛苦，也是不应有此期望的，而是应当正视痛苦，消除这种"喜欢，抑或不喜欢"的分别心。

　　禅修之后人的整个身心处于一种圆满的和谐之中，这种感官和精神的智慧通达西方学者早在几十年前就已经开始从人类学、社会学和心理学领域研究了。包括马克思·韦伯、布迪厄和荣格都有相当广阔而深刻的阐释。

　　心理学家荣格甚至肯定了人对自性把握的最高境界途径是宗教体验，而东方宗教中的瑜伽、禅定的凝神冥思，使东方人比西方人更容易知觉和把握自性。荣格对超感官知觉、心灵致动等特异功能现象的实在性也予以肯定，并以他的集体无意识说给予解释。

这种佛教徒的"汝当知，汝即为佛"和基督教里圣保罗说"不是我，而是基督在我中间生活"其根本上是殊途同归的，但在表现的方式上大相径庭。因此基督徒要走出变动万方、以自我为中心的意识世界，但佛教徒却"当下"安居于他内在本性的永恒基础之上。人内在的本性可以和神性或者普遍的存在合而为一，在印度其他的宗教中，我们也可以看到相同的思考方式。

由东方先民发明的禅，在释迦牟尼和他上百代无数徒裔的宗教实践中流传弘扬，被作为彻底开发自性潜能、解决人与自然之根本矛盾，达到永恒幸福的涅槃彼岸的途径。禅的影响，深深渗透于东方文化，与东方其他传统文化一起，组成东方文明的基调，是促成古代中国和古代印度在轴心时代繁荣鼎盛的重要因素。

如今，当信仰遗失，那么资本主义的消费方式必然带来拜物教信仰。同时，由于对死亡的惧怕，人们对现代医疗的依赖就会变成一种偏执。很多门诊医生其实扮演了心理医生的职责。除了那些真正患了病的病人以外，每天依然有很多人既不了解自己的身体更不了解自己的内心，因对生的依恋和对死亡的恐惧而怀疑自己患病，到医院检查一番没有任何异常之后，还要医生心理疏导一番才能安心回家，这就是轮回中贪嗔痴的烦恼。

我想，不论是作为信仰的权力，还是作为权力的信仰，结合在历史与生活中，我们感到把握到了我们自认为的可以自洽的深层次理论框架。宗教代表着的，不仅是多元的价值，同时也是不同的品味。它在告诉我们世界是什么样的时候，也让我们更多地理解到了世界不止这样。

　　在对至多世界观的考察中，我发现在表面的差异性中，所隐藏着的是一种更具阐释力的本质。那就是人与人的关系，那是自我演化的结构，那是分化聚合的资本，那是充满误读的文本。那是交替运作的生死本能，那是不断往复的权力意志，那是缘起无我的诸法本性，那也是永恒不灭的大道众生。

后记

春天里的一个下午，我在恒河边的二层旅馆露台上晒太阳。这天刚好是印度的新年——洒红节，人群在瓦拉纳西的小巷子里面挥舞着颜料，追逐打闹。商铺都关门了，餐厅也不再营业，恒河边却重新热闹起来。

　　这时，我的电话响了。责编通知我，出版社决定出版我的小说。这一分钟和过去的每一分钟都没有什么不同，恒河在我的脚下流淌，包容着人间的执着和贪恋，把我微小的情绪抹平，我想象着远藤周作是如何注视着"深河"的。人间的深河，我也在其中。

　　恒河女神穿着纯白色的纱丽从湿婆的发髻来到人间，在夕阳下亲吻古老的婆罗多大地。夜幕降临，我走下楼，去参与每天都在上演的恒河夜祭。

　　我在这里写作，直到最后一个字。

　　从《雪纪》到《忧郁的热带》，时间过去了三年，秋天和冬天重新变得模糊起来。

　　一边读书，一边写作，时间太过漫长，生活就好像北欧古老民间传说中的海妖一样，把自己的灵魂分成了几个碎片，一部分留在自己的身体里，还有一部分留在自己最不想离开的地方。可能在来园的长椅上，可能在万圣书园的猫咪身上，也可能就在学院路的某间图书馆里。

读书和写作于是乎成为安身立命的目的，但却不是求知的，而是求存的。诺斯洛普·弗莱在《伟大的代码》中说道："所有的词语结构都既有倾向集中的也有倾向分散的方面，我们可以把倾向集中的方面称为它们的文学方面。"我在小说和散文的世界中链接词语结构之间的这种集中倾向，就像春去秋来，也像华丽舞台的落幕，总是满了空出来，空了又被填满。终于有一天，文字停留在最喧闹、热烈的一刻，然后戛然而止。

热带何以"忧郁"？在我看来拥有某种古典世界的浪漫主义，这些文字在我构想的世界中自足、丰盈，并走向腐烂与新生。是虚构，也是追忆；是"春江潮水连海平"，也是"明日隔山岳，世事两茫茫"。

我生而为人的感性，表现在秉烛夜游的文字里。

王雨萌

癸卯年秋于北京